Le fantôme
de la falaise

Le fantôme de la falaise

R. L. Stine

Traduit de l'anglais par
LOUISE BINETTE

Les éditions
Héritage inc.

Données de catalogage avant publication (Canada)

Stine, R. L.

Le fantôme de la falaise

(Frissons; 40)
Traduction de: The Dead Girl Friend.
Pour les jeunes.

ISBN: 2-7625-7595-8

I. Titre. II. Collection.

PZ23.S85Fa 1994   j813'.54   C94-940179-X

The Dead Girl Friend
Copyright © 1993 R. L. Stine
Publié par Scholastic Inc., New York

Version française
© Les éditions Héritage inc. 1994
Tous droits réservés

Dépôts légaux: 1er trimestre 1994
Bibliothèque nationale du Québec
Bibliothèque nationale du Canada

ISBN: 2-7625-7595-8   Imprimé au Canada

LES ÉDITIONS HÉRITAGE INC.
300, Arran, Saint-Lambert (Québec) J4R 1K5
(514) 875-0327

FRISSONS ᴹᶜ est une marque de commerce des éditions Héritage inc.

Chapitre 1

La première fois que je vis Thierry Méthot, il me terrifia.

J'aurais probablement dû comprendre alors, dès ce tout premier instant où je le fixai sous le soleil, assise sur ma bicyclette, qu'il valait mieux que je ne m'approche pas.

Danger.

Danger et peur.

Je crois que je savais à ce moment que Thierry m'attirerait des ennuis. Mais on ne prête pas toujours attention à de telles intuitions. Du moins, je ne l'ai pas fait.

Et, avant de m'être rendu compte de quoi que ce soit, je suis tombée dans le piège de Thierry.

Prisonnière de son chagrin. Prisonnière de son mystère.

D'un mystère qui découlait d'un meurtre.

Tout commença par une journée magnifique, chaude et pleine de promesses, comme seule peut l'être une journée de la fin du mois d'avril.

J'empruntai le vélo de mon frère Maxime et allai

faire une randonnée. Je voulais explorer Clairmont, notre nouvelle ville.

La bicyclette de Maxime était une vieille BMX, lourde et lente, dont la selle était trop haute pour moi. (Eh oui! je suis plus petite que mon jeune frère! Et ça m'agace.) Mais on m'avait volé mon vélo à vingt et une vitesses juste avant notre déménagement. Avais-je le choix?

J'ai seize ans et j'ai mon permis de conduire. Toutefois, on ne peut pas vraiment explorer en voiture.

La bicyclette, c'est ma passion. J'adore sentir le vent contre mon visage et les pédales sous mes chaussures de sport. J'aime que les muscles de mes jambes élancent et que mon cœur batte vite.

J'aime la *liberté* totale que le vélo me procure.

On ne peut éprouver tout ça en voiture.

Papa m'avait promis que je pourrais m'acheter une nouvelle bicyclette dès que la compagnie d'assurances nous aurait indemnisés. Je n'avais vraiment aucune envie d'attendre si longtemps. Papa, cependant, n'était pas d'humeur à discuter.

Maman et lui déballaient toujours des boîtes. On n'a aucune idée de tout ce que peut posséder une famille de quatre personnes tant qu'on ne déménage pas.

Je partis donc avec le vélo de Maxime. J'aurais dû baisser la selle. Je suis haute comme trois pommes… Mais j'étais trop impatiente de m'en aller et de découvrir Clairmont.

Je portais un short vert en tissu extensible et une

camisole bleu vif. C'était la première journée de printemps vraiment chaude et je sentais les rayons ardents du soleil de l'après-midi dans mon dos.

Je venais juste de laver mes cheveux, qui sont longs, blonds et très droits. Je les avais noués avec un ruban bleu. Je savais qu'ils sécheraient au soleil.

L'air sentait si bon ! Dans la rue où nous habitons, tous les cornouillers étaient en fleurs. J'avais l'impression de me promener sous de majestueux arcs blancs ; c'était si beau, si irréel.

« Plus beau que la réalité », m'étais-je dit.

J'ai parfois ce genre de pensées quand je roule à bicyclette.

Je ne mis pas beaucoup de temps à explorer Clairmont. C'est une très petite ville. La faculté où maman et papa allaient bientôt enseigner se trouve à une extrémité de la ville. Des rues tranquilles et ombragées bordées de vieux arbres se succèdent ensuite ; des maisons petites et coquettes y sont alignées.

Les demeures chères et spacieuses sont situées près des chutes, à l'autre bout de la ville. C'est au centre de Clairmont qu'on retrouve les principales attractions : quelques magasins, un cinéma, une banque et un bureau de poste. C'est à peu près tout. Le centre commercial le plus proche se trouve à Maribaux, à deux villes de là.

Je roulai lentement et passai devant les petites boutiques. Bien que ce fût samedi après-midi, il n'y avait pas beaucoup de monde. Je suppose que la plupart des gens s'affairaient au grand nettoyage de printemps ou travaillaient dans leur jardin et leur cour.

Une vieille familiale remplie d'adolescents passa en faisant tout un vacarme, les vitres baissées, la radio beuglant un succès de Vilain Pingouin. Deux dames âgées qui s'apprêtaient à traverser la rue Principale, bras dessus, bras dessous, froncèrent les sourcils et secouèrent la tête pour exprimer leur indignation.

Un magasin de bicyclettes au coin des rues Principale et des Noyers attira mon attention. Je descendis du vélo de Maxime et avançai jusqu'à la vitrine. J'appuyai mon nez contre la vitre pour mieux voir à l'intérieur. Le choix semblait des plus intéressants. Il faudrait que je revienne y jeter un coup d'œil.

Je remontai sur la bicyclette de Maxime et descendis du trottoir en roue libre. « Est-ce tout ce qu'il y a à voir en ville ? » me demandai-je.

Oui. J'avais tout vu.

Je fis le tour du pâté de maisons encore une fois, puis me dirigeai vers les chutes.

Je n'avais pas encore vu les fameuses chutes. Madame Pratte, l'agente immobilière qui nous avait vendu la maison, ne cessait de s'extasier devant leur beauté et leur aspect spectaculaire.

Elle nous avait dépeint les chutes en nous racontant qu'elles prenaient leur source tout en haut d'une falaise d'où elles tombaient en cascade, tel un rideau blanc, avant de se jeter dans la rivière aux Faucons.

Elle était douée pour décrire les choses, ce qui est sûrement une qualité essentielle pour une agente immobilière. Elle avait affirmé que les chutes étaient aussi belles que celles du Niagara, quoique beaucoup plus petites, bien sûr, et qu'on pouvait voir jusqu'à trois villes plus loin du sommet de la falaise.

Je continuai mon chemin dans la rue Principale et me retrouvai bientôt en plein quartier chic de Clairmont. Certaines maisons ressemblaient à de véritables *châteaux*! Des équipes de jardiniers s'affairaient dans les parterres, plantaient des plates-bandes, semaient et ramassaient des feuilles mortes.

J'eus un peu peur quand un berger allemand qui grondait en montrant les dents me pourchassa. Son propriétaire lui criait de revenir, mais, bien entendu, le chien ne lui prêtait aucune attention.

Je me mis à pédaler frénétiquement en me levant pour prendre de la vitesse. Heureusement, le chien abandonna après moins d'un pâté de maisons et se contenta de mettre fin à la poursuite en aboyant pour me tenir à distance.

— Ça va, j'ai compris! lui criai-je en pédalant toujours debout.

Les maisons somptueuses firent place à la forêt. Les arbres étaient encore presque nus, les bourgeons commençant à peine à s'ouvrir. Un écureuil grimpa dans un arbre à toute vitesse, surpris par mon intrusion silencieuse.

Je trouvai la piste cyclable que nous avait décrite madame Pratte. Elle serpentait à travers la forêt en devenant de plus en plus raide à mesure qu'elle montait entre les arbres.

Au bout d'une dizaine de minutes, j'atteignis le sommet. J'étais ravie de constater que je n'étais pas du tout essoufflée. C'est très important pour moi d'être en forme. C'est l'une des raisons pour lesquelles je préfère toujours mon vélo à une voiture.

Je continuai à pédaler. La forêt se trouvait maintenant à ma droite. À gauche, j'aperçus le bord de la falaise escarpée qui donnait sur des rochers noirs.

Je ralentis. Il n'y avait pas de garde-fou. À certains endroits, la piste cyclable passait à moins d'un mètre du bord de la falaise. Et le sentier était vraiment sinueux.

J'entendis les chutes avant de les voir. Un grondement doux et constant s'intensifiait à mesure que j'approchais.

Puis, le sentier fit une courbe et je me retrouvai devant les chutes.

Comment les décrire? Elles étaient éblouissantes.

L'eau tombait droit dans la rivière dans un éclaboussement d'écume blanche qui étincelait comme un million de diamants.

En regardant en bas, je pouvais voir la rivière brune et large qui coulait. Au-delà des arbres et des champs, j'aperçus la ville, qui paraissait minuscule, puis une autre et même, au loin, une troisième.

Je m'immobilisai. La piste cyclable prenait brusquement fin au pied d'un tas de rochers de granit.

Je protégeai mes yeux du soleil avec ma main.

Et je l'aperçus.

Un jeune homme, vêtu de jeans et d'un t-shirt jaune. Il se tenait au bord des chutes. Juste au bord.

Le souffle coupé, je serrai le guidon. Je ne m'attendais pas à voir qui que ce soit là.

Il ne m'avait pas vue. Il regardait droit en bas en fixant les rochers noirs et pointus.

Il fit un pas en avant.

Mon sang ne fit qu'un tour.

Je compris ce qu'il s'apprêtait à faire.

— Arrête ! criai-je en essayant de couvrir le grondement des chutes. Ne saute pas ! Je t'en prie… ne saute pas !

Chapitre 2

Il poussa un cri et recula.

Mes hurlements lui avaient fait peur.

Je descendis vivement de ma bicyclette et me dirigeai rapidement vers lui. Le vélo tomba avec bruit sur les roches derrière moi.

— Hé ! cria-t-il.

D'abord surpris, il paraissait maintenant troublé. Il enfouit les mains dans les poches de ses jeans et marcha vers moi.

Il était grand, très beau et portait des favoris. Il était très bronzé et avait une fossette dans le menton. Il me fixa de ses yeux verts saisissants.

— Je t'ai prise pour quelqu'un d'autre, dit-il en criant pour couvrir le bruit des chutes.

Il sourit. C'était un sourire forcé, mais très beau.

Je crois que c'est à cet instant que je suis tombée amoureuse de lui. Je n'en suis pas certaine. C'est très difficile à expliquer. J'étais si embarrassée d'avoir hurlé comme ça.

— J'ai cru que tu allais… commençai-je, mais je ne voulais pas terminer ma phrase.

Il souriait toujours, les mains dans les poches, et son t-shirt jaune voletait au vent.

— Quoi?

— Je suis désolée, balbutiai-je. Je t'ai vu au bord et…

Je bégaie un peu quand je suis très nerveuse. Ce jour-là, je bégayais beaucoup!

Il rit. Il avait un rire merveilleux. Il rejeta la tête en arrière et plissa ses magnifiques yeux verts.

— Tu as cru que j'allais sauter?

Son sourire s'effaça. Ses yeux se rivèrent sur les miens.

Je hochai la tête et sentis mon visage devenir rouge.

Je touchai mes cheveux. Ils étaient encore mouillés.

— J'attendais quelqu'un, dit-il. Mais il me semble bien que cette personne ne viendra pas.

— Je… je ne suis jamais montée ici auparavant, bredouillai-je en baissant les yeux.

Je n'aimais pas me tenir là. Normalement, je n'ai pas le vertige. Mais nous étions si haut, la falaise était si abrupte et les rochers, en bas, si pointus et dentelés…

— Tu vas à la polyvalente de Clairmont? demanda-t-il.

Je secouai la tête.

— Je commence lundi. Nous venons tout juste de déménager. Nous arrivons de la Saskatchewan. Je m'appelle Annie Corbin, dis-je d'un ton gêné.

Je trouve toujours très difficile de me présenter comme ça. Je ne sais pas pourquoi.

— Thierry Méthot, déclara-t-il.

Il retira ses mains des poches de ses jeans et me serra la main. C'était très cérémonieux.

Il sourit.

J'aurais dû lire la tristesse dans ses yeux verts.

J'aurais dû lire la peur. La terreur.

Mais, bien sûr, je ne vis rien.

J'aurais dû lui demander ce qu'il faisait au bord de la falaise en fixant la rivière avec tant d'attention.

Mais, encore une fois, je n'en fis rien.

— C'est vraiment impressionnant ici, me contentai-je de dire.

C'était plutôt insignifiant, mais, au moins, j'avais cessé de bégayer.

— Oui, répondit-il en grattant son favori droit.

— La ville est si ordinaire, par contre, poursuivis-je. On ne s'attend pas à trouver quelque chose comme ça.

Je désignai les chutes.

Thierry regardait la forêt derrière moi.

— J'ai… euh… laissé ma bicyclette là-bas, dit-il. Ne bouge pas. Je vais la chercher.

— Tu aimes faire du vélo ? demandai-je lorsqu'il passa devant moi.

— Oui. Beaucoup, cria-t-il sans s'arrêter.

Il disparut derrière l'immense tas de roches en granit.

Je croisai les bras sur ma poitrine et regardai la ville en bas. Malgré le soleil de l'après-midi qui brillait dans le ciel, c'était un peu frais là-haut.

« Quel endroit fabuleux ! » pensai-je.

Je savais que j'y reviendrais souvent à bicyclette.

Je me demandai soudain si Thierry m'y accompagnerait. J'avais cette impression stupide que le destin nous avait réunis sur cette falaise. Comme dans un vieux film sentimental en noir et blanc.

«Je l'inviterai peut-être à faire une randonnée en vélo le week-end prochain», pensai-je.

Je le vis approcher en marchant à côté d'une bicyclette de course noire.

«Non. Il a sûrement une petite amie», me dis-je avec un serrement de cœur.

«Il est trop séduisant pour ne pas avoir de copine.»

Il avait dit qu'il attendait quelqu'un, d'ailleurs.

Il appuya sa bicyclette contre l'un des gros rochers et marcha vers moi à pas longs et lents.

— Alors, tu viens juste d'arriver ici? demanda-t-il en retirant un long brin d'herbe de mes cheveux.

— Oui. Mes parents vont enseigner à l'université.

— C'est une drôle de saison pour déménager, fit-il remarquer en regardant les chutes par-dessus mon épaule.

— À qui le dis-tu! grognai-je. Changer d'école et tout… C'est horrible!

Il me regarda d'un air songeur.

— Tu es en secondaire V?

— Non, en secondaire III, répondis-je.

— As-tu rencontré d'autres jeunes?

— Seulement toi, dis-je en riant.

Il rit aussi. C'était un rire silencieux qui ressemblait plutôt à une toux.

— Alors je suppose que je devrais te faire visiter la ville, dit-il, soudain gêné.

«Il pourrait jouer à la télévision, pensai-je. Il est si séduisant!»

— Nous pourrions faire le tour de Clairmont à bicyclette, offrit-il en désignant son vélo. Ça ne prendra qu'une minute ou deux, plaisanta-t-il.

— J'ai déjà exploré la ville, dis-je.

Et je le regrettai immédiatement.

«Pourquoi ai-je dit ça? me réprimandai-je. Il offrait de faire une balade avec moi et j'ai refusé.»

«Que je suis idiote!»

Je sentis ma figure s'enflammer de nouveau.

Thierry me dévisagea d'un air pensif.

— Je te présenterai à mes amis, dit-il.

— Super! m'exclamai-je. Je veux dire...

Il tourna la tête vers le bois, comme s'il avait vu quelque chose.

— À l'un d'entre eux, plus particulièrement, continua-t-il. C'est mon meilleur ami. Il est complètement cinglé, mais c'est mon meilleur copain. En fait, c'est un fou. Il te plaira.

— Super, répétai-je en recommençant à bégayer.

— Il s'appelle Isaac, poursuivit Thierry qui fixait toujours la forêt. Isaac Drouin.

Il pouffa de rire, comme s'il venait de se rappeler quelque chose d'amusant à propos d'Isaac.

— Les parents d'Isaac travaillent tous les vendredis soirs, dit Thierry. Alors on se réunit toujours chez lui pour faire la fête.

— Ça doit être super, dis-je.

«Pourquoi suis-je incapable de trouver un autre qualificatif?» pensai-je. Combien de fois peut-on utiliser le mot « super » dans une conversation ?

« Il doit me trouver vraiment stupide. »

— Est-ce que ça te plairait de m'accompagner chez Isaac vendredi soir ?

Son regard sembla s'éclairer tandis qu'il attendait ma réponse avec espoir.

— Tu veux parler d'un rendez-vous ? demandai-je.

« *Annie, remue-toi !* m'ordonnai-je. *On croirait que tu n'es jamais sortie avec un garçon auparavant. Tu étais pourtant très populaire là-bas, en Saskatchewan.* »

— Oui, répondit Thierry en souriant. C'est ça, un rendez-vous.

— Bien sûr, dis-je. Super !

Super ?

« Est-ce que j'ai vraiment dit ça une fois de plus ? »

— Super, répéta-t-il doucement.

Il donna un coup de pied dans la terre et jeta un coup d'œil dans la direction des chutes.

— Il faut que je parte.

— Moi aussi, dis-je.

Le soleil disparut derrière un gros nuage blanc. L'air devint plus frais. Des ombres glissaient sur le sol.

Je me sentais vraiment bien.

J'habitais Clairmont depuis seulement trois jours et le premier garçon que j'avais rencontré — un garçon vraiment très beau — m'avait invitée à sortir avec lui.

17

« C'est un bon début », pensai-je.

Thierry saisit son vélo par le guidon et le poussa tout en marchant vers moi. Puis, nous nous sommes dirigés vers l'autre côté du tas de pierres, où j'avais laissé ma bicyclette.

À mon étonnement, elle était debout, appuyée contre un rocher.

Je me rappelai pourtant l'avoir laissée tomber lorsque j'étais accourue vers Thierry, persuadée qu'il allait sauter.

« C'est étrange », me dis-je.

Puis, j'eus le souffle coupé.

Je me précipitai vers le vélo et me penchai pour l'examiner.

— Hé ! qu'est-ce qui se passe ? criai-je, le cœur battant.

Les deux pneus avaient été tailladés et déchiquetés.

Chapitre 3

— Je ne peux pas le croire, marmonnai-je.

Je passai la main sur le pneu tailladé. Un lambeau de caoutchouc tomba dans ma main.

— Qui... commençai-je, mais ma voix s'étrangla.

J'étais accroupie et fixais, incrédule, les pneus coupés de la bicyclette de Maxime. Thierry se tenait juste derrière moi et projetait son ombre sur moi.

— Je ne comprends pas, dit-il calmement. Il n'y a personne d'autre ici, en haut.

Je levai la tête vers lui. Les yeux plissés, il regardait la forêt, comme s'il y cherchait quelqu'un. Je suivis son regard. Les arbres étaient presque dénudés. Il aurait été facile de voir quelqu'un s'enfuir.

Le bois était désert.

Je frissonnai. J'eus soudain froid de la tête aux pieds.

— Maxime va me tuer, murmurai-je en me relevant.

— Qui est Maxime? demanda Thierry en scrutant toujours la forêt.

— Mon petit frère. C'est son vélo.

Thierry se renfrogna.

— Je vais te raccompagner chez toi, dit-il d'un ton triste tout en évitant mon regard.

— Ça ira, dis-je. Je peux…

— Non.

Il saisit le guidon de la bicyclette de Maxime.

— Prends mon vélo. Je vais pousser celui-ci, lâcha-t-il brusquement.

Il parut soudain très en colère.

Je montai docilement sur sa bicyclette.

— C'est si bête, dis-je. Pourquoi me ferait-on un coup pareil ?

Thierry ne répondit pas.

— Qui monterait jusqu'en haut des chutes seulement pour briser le vélo d'une étrangère ? continuai-je d'une voix tremblante.

Thierry demeura silencieux.

Son expression furieuse m'alarma et je me tus.

Pourquoi était-il si en colère ? Ce n'était pas *sa* bicyclette !

Son humeur avait changé tellement rapidement que ça me fit peur.

Nous sommes descendus en suivant le sentier qui serpentait dans la forêt. Le soleil était toujours caché derrière les nuages.

Je me sentais très mal à l'aise. J'aurais voulu parler, dire quelque chose. N'importe quoi. Thierry, cependant, gardait les yeux baissés et serrait les dents. Je percevais le battement furieux de ses veines sur ses tempes.

Alors, je demeurai également silencieuse.

Je ne comprenais tout simplement pas. Il avait offert de me raccompagner, après tout. Je ne l'y *forçais* pas.

Était-il en colère contre moi ?

J'étais complètement déconcertée. Ça n'avait aucun sens.

Le soleil réapparut lorsque nous atteignîmes la rue Principale. Toutefois, l'air demeurait frais.

— J'habite rue Vallée, dis-je doucement.

— D'accord, fit Thierry, le regard vide.

Puis nous avons entendu un bruit derrière nous. Une voix féminine qui appelait.

Nous nous sommes arrêtés et retournés.

Une fille approchait sur une bicyclette rouge.

— Thierry ! cria-t-elle en lui adressant un sourire chaleureux.

Elle avait les cheveux roux et frisés qui tombaient en cascade sur ses épaules, et son visage était couvert de taches de rousseur. Elle n'était pas vraiment jolie. Ses yeux bleu gris étaient plutôt rapprochés et elle avait le nez court. Je crois qu'on aurait pu la qualifier de « mignonne ».

Elle portait un collant noir extensible ainsi qu'un ample t-shirt bleu et blanc sur lequel apparaissait l'emblème de la polyvalente de Clairmont.

— Fanny ! s'écria Thierry.

Toutefois, il ne semblait pas vraiment heureux de la voir.

— Salut, dit-elle, hors d'haleine, en posant ses pieds sur la chaussée.

Elle jeta un coup d'œil vers moi, puis se tourna rapidement vers Thierry.

— Qu'est-ce qui se passe?

— Des ennuis avec la bicyclette, répondit Thierry sèchement.

Fanny gloussa pour une raison ou pour une autre.

— C'est Annie, lui dit Thierry. Annie… euh…

— Corbin, ajoutai-je. Annie Corbin. Et c'est mon vélo.

Je désignai la bicyclette que poussait Thierry.

— Je m'appelle Fanny Bonneau, dit-elle.

Elle rejeta ses cheveux roux en arrière et reporta immédiatement son attention sur Thierry. Je n'étais pas certaine qu'elle m'ait seulement regardée.

— Fanny, d'où viens-tu? demanda Thierry. Des chutes?

Son sourire disparut tandis qu'elle secouait la tête. Elle rougit.

— Non. Je me promenais, tout simplement. Je suis restée enfermée toute la journée à aider ma mère à faire le grand ménage du printemps. Alors j'avais envie de faire un peu d'exercice.

— Tu as vu Sabrina aujourd'hui? demanda Thierry.

— Non. Je vais chez elle ce soir, répondit Fanny.

— Annie vient de déménager ici, dit Thierry qui se rappela soudain ma présence.

— Oh! fit Fanny qui, de toute évidence, n'était pas terriblement intéressée.

Mais elle se retourna en plissant les yeux pour m'examiner.

— Qu'est-il arrivé à ta bicyclette? demanda-t-elle.

— Quelqu'un a tailladé les pneus, lui dis-je. Je ne peux pas le croire.

Fanny regarda Thierry froidement.

— Moi, je le crois, marmonna-t-elle tout bas.

Elle adressa à Thierry un regard que je ne pus interpréter.

Quelque chose se passait entre eux, mais j'étais incapable de découvrir ce que c'était.

Fanny était-elle la personne avec qui Thierry avait rendez-vous près des chutes ? Si c'était le cas, n'aurait-il pas dû lui demander pourquoi elle n'était pas venue ?

Je me dis qu'il devait attendre quelqu'un d'autre.

J'avais le sentiment que Thierry n'aimait pas Fanny. Elle lui souriait constamment, mais je n'aurais pas pu dire ce qu'elle éprouvait pour lui.

— Il faut que je parte, dit Fanny tout à coup.

Elle tripota les leviers du dérailleur. Puis elle se tourna vers moi.

— Prends garde à Thierry, dit-elle en serrant les dents. Il est dangereux. Vraiment dangereux.

— Fanny ! voulut protester Thierry.

— À plus tard ! s'écria Fanny en s'éloignant rapidement, debout sur les pédales.

Elle disparut au coin de la rue.

— Elle est bizarre, dit Thierry. Elle plaisantait à mon sujet. Fanny et moi sommes de vieux amis.

Je me rendis compte que Thierry me fixait avec une vive attention en guettant ma réaction aux propos de Fanny.

— Oui. Je me suis aperçue qu'elle te taquinait, dis-je.

Mais je n'en étais pas si sûre.

Elle n'avait pas *semblé* plaisanter. Elle avait paru très sérieuse.

Me mettait-elle vraiment en garde contre Thierry?

Avait-elle voulu dire qu'il était *vraiment* dangereux?

Quelle idée stupide!

De nouveau, je jetai un coup d'œil vers Thierry. Il me semblait tout à fait convenable.

Mieux que convenable!

Avec ces yeux verts sauvages et cette peau bronzée, il me fit soudain penser à un tigre.

«Les tigres sont dangereux», me dis-je.

«Je m'en moque», pensai-je.

Quelques instants plus tard, nous avions atteint l'allée de notre maison.

— Merci de m'avoir raccompagnée, dis-je après que nous eûmes échangé nos bicyclettes.

— Ce n'est rien. Navré pour ton vélo.

— Tu veux entrer boire quelque chose? offris-je.

Il secoua la tête.

— Il faut que je rentre. On se reverra à l'école lundi.

— Oui. Super, dis-je. Je suis ravie d'avoir fait ta connaissance, ajoutai-je.

C'était une parole vraiment idiote.

Il n'en tint pas compte.

— Et n'oublie pas notre rendez-vous vendredi soir, dit-il avant de monter sur sa bicyclette.

— Je n'oublierai pas. J'ai déjà hâte.

Je le regardai s'éloigner; ses longues jambes pédalaient rapidement et sans effort.

Je me retournai et commençai à traîner le vélo de

Maxime dans l'allée. Soudain, je m'arrêtai.

Qui était-ce au coin de la rue?

Quelqu'un attendait Thierry à bicyclette à l'ombre d'une haute haie.

Je reculai de quelques pas vers la rue en m'efforçant de distinguer de qui il s'agissait.

Fanny!

Elle l'attendait au coin de la rue. Elle se mit à pédaler et sortit de l'ombre au moment où il s'approcha.

Ils parlèrent durant un moment, côte à côte sur leurs vélos.

Je les vis ensuite s'éloigner ensemble.

«Qu'est-ce qui se passe ici?» me demandai-je.

«Mais qu'est-ce qui se passe exactement?»

Chapitre 4

Isaac Drouin était le genre de garçon qui trouve hilarant de se frapper le front à l'aide d'une canette de boisson gazeuse et de faire des rots bruyants.

Il avait des cheveux bruns et longs qui semblaient ne pas avoir été lavés depuis plus d'un mois. J'aperçus un petit anneau doré à son oreille. Un large sourire éclairait son visage en permanence et ses yeux se plissaient quand il riait. Je ne pouvais l'imaginer sérieux.

Isaac était grand et maigre, et ne semblait jamais rester en place. Il sautillait dans le petit salon bondé de sa maison, vêtu d'un t-shirt trop serré et d'un jean délavé et ample avec d'énormes trous aux genoux, secouait les épaules, tapait dans les mains de ses amis, criait et riait.

Au début, je ne pouvais imaginer Isaac et Thierry être les meilleurs amis du monde. Mais au bout de quelques heures, je constatai que la présence d'Isaac faisait ressortir le côté moins sérieux de Thierry. Avec Isaac, Thierry perdait sa timidité et devenait amusant, excité et bruyant. Un peu comme s'il rivalisait avec son ami.

J'étais plutôt nerveuse, étant une étrangère, une nouvelle venue. Je passai donc beaucoup de temps à l'écart de la foule à étudier les autres.

C'était vendredi soir. Thierry était venu me chercher dans une Volvo familiale gris métallique toute neuve et nous avait conduits chez Isaac pour la fête habituelle du vendredi soir.

Thierry avait l'air assez détendu et je fis semblant de l'être aussi. Cependant, j'avais l'estomac noué et les mains glacées. Après tout, c'était notre premier rendez-vous et voilà que nous nous rendions à une fête où il connaîtrait tous les invités et moi, personne.

J'avais passé au moins une heure dans ma chambre à me demander ce que j'allais porter. J'avais finalement opté pour un chemisier en soie blanche, une minijupe noire et des collants.

En pénétrant dans la maison par la porte de la cuisine, je vis que la plupart des filles portaient des jeans, mais ça ne me dérangeait pas.

Bien que ce fût une soirée fraîche, on étouffait dans la maison. J'aperçus une vingtaine de jeunes, plus peut-être, entassés dans le salon exigu et dans le petit vestibule.

La musique était si forte que les fenêtres tremblaient. Tout le monde devait crier pour se faire entendre.

Quelques couples dansaient près de la porte du salon. Un groupe d'adolescents qui riaient et bavardaient se trouvaient au milieu du salon. Deux couples étaient enlacés et s'embrassaient dans l'escalier étroit qui menait en haut ; l'un était installé sur la première marche et l'autre, presque caché dans l'obscurité, à mi-chemin du premier étage.

La majorité des jeunes buvaient des boissons gazeuses, mais j'en vis plusieurs qui tenaient des canettes de bière. « Même s'ils travaillent, les parents d'Isaac sont sûrement au courant de ces fêtes du vendredi soir », pensai-je. Toutefois, je me demandai s'ils savaient à propos de la bière.

En tenant mollement ma main, Thierry m'entraîna dans le salon plein à craquer. Malgré les voix et la musique, j'entendis clairement quelqu'un poser une question.

— C'est la nouvelle petite amie de Thierry ?

Je me retournai, mais ne vis pas qui avait dit ça.

Isaac avança en bondissant, sourire aux lèvres. Son sourire ne s'effaça pas tandis qu'il m'examinait. Thierry fit les présentations et repoussa Isaac quelque peu.

— Prends garde à ce salaud, m'avertit Isaac en poussant Thierry à son tour. Il n'en a pas l'air, mais c'est un animal.

Je ris. Cependant, je remarquai que c'était la deuxième personne qui me disait de me méfier de Thierry.

— Toi, tu n'es pas un animal. Tu es un légume, lui dit Thierry.

— Tu n'es même pas un légume, répliqua Isaac. Tu es une éponge.

— Si je suis une éponge, *tu* es la substance qu'il faut éponger ! s'exclama Thierry.

Ils se tordirent de rire tous les deux.

Thierry me dit quelque chose en secouant la tête, mais je ne l'entendis pas à cause de la musique.

Isaac s'avança vers moi et passa un bras lourd autour de mes épaules.

— Ne t'occupe pas de Thierry et moi, dit-il en approchant son visage du mien.

Son haleine sentait la bière.

— Nous sommes deux idiots!

— Et fiers de l'être! déclara Thierry en souriant.

Il passa une main dans ses cheveux en brosse tandis que ses yeux scrutaient la pièce.

— Où est Sabrina? demanda-t-il à Isaac.

Celui-ci haussa les épaules.

— Me voilà, dit une voix féminine derrière moi.

Je me retournai et aperçus une fille grande et frappante à la chevelure noire, frisée et abondante; elle avait de grands yeux sombres et ses lèvres étaient couvertes d'un rouge à lèvres foncé. Malgré la couleur de ses cheveux, elle avait le teint très pâle et crémeux. Elle portait un short bleu vif très court par-dessus une combinaison grise extensible. Sa tenue était très provocante.

— Isaac, tu ne peux donc pas baisser le volume? demanda-t-elle en passant devant moi.

— Pas question.

Il lui adressa un sourire niais.

— Je ne m'entends pas penser, hurla-t-elle.

— Qui veut penser? demanda Isaac en guise de réponse.

— Isaac déteste les nouvelles expériences, fit

remarquer Thierry d'un ton pince-sans-rire.

Il se tourna vers moi.

— Annie, voici Sabrina Chartier.

— Salut, cria Sabrina pour couvrir la musique. Tu es venue avec *lui* ?

Elle montra Thierry du doigt et fit la grimace.

J'acquiesçai.

— Tu dois être nouvelle ici, plaisanta Sabrina.

Elle rejeta ses cheveux en arrière. Elle semblait jouer beaucoup avec ses cheveux, les tirant doucement, les tortillant autour de sa main, puis les repoussant de son visage.

— Oui, répondis-je. Je viens de déménager.

Je me tournai vers Thierry, mais il était disparu, tout comme Isaac.

Je me sentis abandonnée.

Tandis que je le cherchais, mon regard s'arrêta sur le couple qui s'embrassait sur la première marche de l'escalier. Je ne pus voir le visage de la fille, mais je reconnus ses cheveux roux.

— Fanny ! dis-je.

— Tu as fait sa connaissance ? demanda Sabrina qui se tenait tout près de moi et avait suivi mon regard.

— Oui, répondis-je en fixant Fanny. Qui est le garçon ?

— Je ne le reconnais pas, dit Sabrina. Je ne crois pas qu'il fréquente la polyvalente de Clairmont.

Elle ricana.

— Fanny ignore probablement son nom, elle aussi.

Je ris. Le sens de l'humour un peu méchant de Sabrina me plaisait bien.

— Certaines personnes collectionnent des timbres. Fanny, elle, collectionne les garçons, dit Sabrina.

Puis elle se tourna vers moi et son expression devint plus sérieuse.

— C'est Thierry qu'elle veut. Tu le savais?

— Thierry? répétai-je.

Je n'étais pas certaine d'avoir bien compris. C'était si bruyant.

Je n'entendis pas ce que Sabrina ajouta ensuite.

Nous nous sommes dirigées tranquillement vers la cuisine, loin des haut-parleurs et de la foule. La cuisine était déserte. Quelqu'un avait renversé un sac de croustilles sur le comptoir en mélamine jaune.

Il y avait une pile d'assiettes sales dans l'évier. Je contournai une flaque de cola sur le plancher.

Appuyées contre le comptoir, Sabrina et moi avons bavardé et grignoté distraitement les croustilles éparpillées. Sabrina me dépassait de près de trente centimètres. Elle se plaignait constamment d'avoir quelques kilogrammes en trop, mais, à mon avis, elle était simplement bien bâtie. J'avais l'air d'une petite souris à côté d'elle.

Je lui racontai que j'arrivais de la Saskatchewan et lui confiai à quel point j'avais trouvé difficile de quitter mes amis et de commencer à fréquenter une nouvelle école si tard durant l'année scolaire.

Nous avons sursauté toutes les deux en entendant un grand bruit provenant du salon.

— Je ne peux pas croire que les parents d'Isaac tolèrent ça, dit Sabrina en roulant les yeux.

— Quel numéro, cet Isaac ! dis-je en prenant une autre croustille. Il est si amusant !

— C'est ce qu'on dit, marmonna Sabrina. Isaac et moi sortons ensemble depuis environ six mois. Par intermittence.

Je la regardai, surprise. Je ne pouvais imaginer Isaac et Sabrina formant un couple.

— Par intermittence ? répétai-je.

— Parfois j'en ai assez de lui, admit-elle en jetant un regard vers la porte de la cuisine. Il n'est jamais sérieux. Ça peut être très amusant durant quelque temps. Mais il m'arrive d'avoir envie de le secouer et de lui dire : «Ça suffit. Arrête tes plaisanteries. Sois sérieux ! » Il a toujours des ennuis à l'école et…

Elle s'interrompit.

— Oui ? fis-je.

Elle haussa les épaules.

— Il n'est pas si mal, je crois. Il me fait rire. Lorsqu'on le connaît mieux, on s'aperçoit que c'est un bon gars.

Elle soupira et tapota une croustille sur le comptoir jusqu'à ce qu'elle fût réduite en miettes. Puis elle leva les yeux vers moi.

— Il y a quelque chose que tu devrais savoir à propos de Thierry, commença-t-elle en baissant la voix et en prenant un air solennel.

— Hein ? À propos de Thierry ?

— Oui. Il a traversé une période difficile. Il…

Elle n'eut pas le temps de terminer sa phrase.

Isaac fit irruption dans la pièce et la saisit par le bras.

— Viens, Sabrina. On s'en va.

Elle se dégagea.

— Hein ? Mais où ?

— Au Carrefour des Sportifs, répondit-il en la tirant de nouveau.

Il se tourna vers moi.

— Toi aussi. Viens.

— Qu'est-ce que le Carrefour des Sportifs ? demandai-je.

— Un endroit où l'on peut frapper des balles de baseball, lancer au panier, jouer au ping-pong et...

— Vous pourrez me voir surclasser Thierry, dit Isaac en souriant. Nous avons fait un petit pari.

Il joignit les mains et plia les genoux, faisant mine de se préparer à frapper la balle. Puis il pivota sur lui-même et heurta le comptoir.

— Isaac, comment réussiras-tu à surclasser Thierry ? Tu ne peux même pas *me* surclasser ! déclara Sabrina en secouant la tête.

— Tu plaisantes ? s'écria-t-il d'un ton faussement offensé. Tu frappes comme une fille !

— Malin, marmotta Sabrina. C'est vraiment malin.

Elle le poussa rudement à la blague, puis le suivit dans le salon.

Je suivis Sabrina, puis m'arrêtai dans le passage. De l'autre côté de la pièce, j'aperçus Fanny debout près de Thierry. Elle avait une main sur sa joue. Ils parlaient, leur visage près l'un de l'autre.

Je crois qu'il me vit alors, car il repoussa la main de Fanny et s'éloigna d'elle. Je traversai le salon et passai devant un groupe de jeunes qui riaient à gorge déployée.

— Hé! je t'avais perdue, dit-il en m'adressant un sourire lorsque je m'approchai. Tu te souviens de Fanny?

Je saluai Fanny et elle me fit un signe de tête.

— Tu as fait réparer ta bicyclette? demanda-t-elle en criant pour couvrir les rires près de nous.

— Ce n'était pas la mienne, répondis-je. C'était celle de mon frère.

Elle n'eut aucune réaction. J'ai cru que peut-être elle ne m'avait pas entendue.

Isaac me saisit l'épaule.

— Allons-y!

Thierry me sourit d'un air coupable.

— Ça ne t'ennuie pas? J'ai fait un pari avec Isaac.

— Non, bien sûr. Ce sera amusant.

Quelques minutes plus tard, une dizaine d'entre nous étions entassés dans deux voitures. J'étais assise à côté de Thierry sur le siège avant de la familiale; quatre jeunes que je ne connaissais pas prenaient place sur la banquette arrière.

Thierry conduisait comme un fou. Il avait monté le volume de la radio au maximum, faisait constamment déraper la voiture d'un côté et de l'autre de la rue, et roula à cent vingt kilomètres à l'heure au moins tout au long du trajet.

— Thierry! m'écriai-je lorsqu'il monta sur le bord du trottoir. Arrête!

Dans ses yeux brillait une lueur d'excitation sauvage et son sourire s'élargit.

— Je maîtrise très bien la voiture, cria-t-il.

Il tourna soudain le volant et la voiture retomba sur la chaussée dans un crissement de pneus.

— Est-ce que tu conduis toujours comme ça? demandai-je.

Il regardait droit devant lui, un sourire étrange sur les lèvres. On aurait pu croire qu'il était hypnotisé.

— Thierry?

Je fus soulagée lorsqu'on arriva enfin au Carrefour des Sportifs. Il s'agissait d'une bâtisse vivement éclairée faisant plus d'un pâté de maisons. On y trouvait des attractions à l'intérieur et à l'extérieur.

À mon grand étonnement, je vis qu'Isaac et son groupe étaient déjà sur le point d'entrer. Isaac devait être un conducteur encore plus dangereux que Thierry, me dis-je.

Je claquai la portière et courus derrière Thierry, qui marchait déjà dans le stationnement vers l'entrée.

— Quelle balade! m'écriai-je, haletante. C'était terrifiant, Thierry.

Il s'immobilisa et se tourna vers moi. Son sourire disparut. Ses saisissants yeux verts semblèrent percer les miens.

— Parfois, je me sens déchaîné, dit-il. Comme si je perdais la maîtrise de moi-même.

Il se tenait là et me regardait, les mains sur les hanches, comme s'il attendait une réponse. Cependant, je ne savais pas quoi dire. J'avais vraiment eu peur dans la voiture. Il avait *paru* perdre la maîtrise de lui-même.

Son expression s'adoucit. Il sourit.

— Je plaisantais, dit-il.

Ses yeux verts semblèrent pétiller à la lueur des lumières du stationnement. Il était si beau !

— Allons frapper des balles.

Nous avons couru pour rejoindre les autres.

J'aperçus Sabrina devant nous et me rappelai brusquement ce qu'elle avait commencé à me dire dans la cuisine : « Il y a quelque chose que tu devrais savoir à propos de Thierry. »

Qu'avait-elle voulu me dire ?

Est-ce que cela avait quelque chose à voir avec sa façon de conduire ou avec son besoin de se laisser aller ?

Il semblait changer d'humeur si facilement.

Était-ce contre ça que Sabrina avait voulu me mettre en garde ?

Les cages de frappeur se trouvaient à l'extérieur, derrière la bâtisse, sous de puissants projecteurs. Il y avait une dizaine de ces longues cages faites de treillis et de toile ; au bout de chacune d'entre elles était placée une distributrice de balles.

Il y avait beaucoup de monde. Il nous fallut attendre avant d'avoir une cage libre. Je me tenais près de Thierry et, à travers le treillis, je regardais les frappeurs, casque protecteur sur la tête, s'élancer pour frapper des balles lancées à cent cinquante kilomètres à l'heure.

— Regarde ce gars. Il s'élance avec une heure de retard à chaque lancer, dit Thierry en ricanant.

C'était une soirée froide. Je frissonnai. Je regrettais de ne pas avoir opté pour un chandail molletonné.

Thierry encourageait le frappeur qui se trouvait dans la cage. Il semblait s'amuser. Je me demandai si je lui plaisais.

Soudain, j'entendis un grand bruit au-dessus de nos têtes. Stupéfaite, je levai les yeux et aperçus Isaac qui s'accrochait à l'un des côtés de la cage, plusieurs mètres au-dessus du sol. Il se cramponnait au treillis d'une main et imitait les gestes d'un chimpanzé de l'autre.

— Ah non ! s'écria Thierry.

Puis il s'esclaffa.

— Descends ! cria un homme derrière nous.

— Hé ! c'est dangereux ! hurla quelqu'un d'autre.

— Moi, Tarzan ! aboya Isaac en grimpant sur le dessus de la cage.

— Isaac est cinglé ! s'exclama Thierry en jubilant. Il est fou ! Il n'y a rien à son épreuve !

Mon regard tomba sur Sabrina, à quelques mètres de nous. Elle ne paraissait pas s'amuser du tout. En fait, son visage était cramoisi et elle avait l'air vraiment embarrassée.

Je vis deux hommes portant un pantalon bleu marine et une chemise blanche se précipiter vers Isaac. « Ils travaillent sûrement ici », pensais-je.

— Hé ! descends ! cria l'un d'eux en lui faisant de grands signes.

— Qu'est-ce que tu fais là ? demanda l'autre.

Isaac ne prêta aucune attention aux deux employés.

— Hé ! Thierry, tu viens ? appela-t-il. On a une meilleure vue d'ici !

— Il est incroyable ! dit Thierry qui riait toujours.

— Allez, vieux ! cria Isaac à Thierry. Serais-tu une poule mouillée ?

Thierry fixa son ami.

— Allez, mauviette ! cria Isaac.

Le sourire de Thierry s'effaça.

Je frissonnai.

Une expression des plus étranges était apparue sur le visage de Thierry. De la peur mêlée à de la colère. Son corps tout entier se raidit. Il regardait Isaac sans bouger.

« Qu'est-ce qui ne va pas ? » me demandai-je.

« À quoi Thierry pense-t-il ? »

« Pourquoi a-t-il soudain l'air si étrange, si terrifiant ? »

— Hé ! poule mouillée ! dit Isaac en agitant sa main libre et en s'accrochant au treillis de son autre main. Poule mouillée !

Thierry me jeta un regard nerveux. Puis il ouvrit la bouche pour crier quelque chose à Isaac. Mais les mots restèrent coincés dans sa gorge tandis qu'il écarquillait les yeux d'horreur.

Je regardai Isaac plonger dans le vide sans me rendre compte que le cri perçant que j'entendis tout au long de sa chute était le mien.

Chapitre 5

J'étais entourée de cris et de hurlements horrifiés.
Thierry m'agrippa l'épaule.

Isaac atterrit sans difficulté sur ses mains et ses
genoux. Il roula sur lui-même à deux reprises. Puis
il bondit sur ses pieds, un sourire idiot éclairant son
visage.

— Ta-da! s'exclama-t-il.

Il y eut des grognements et de gros soupirs de
soulagement. Des voix excitées résonnaient autour
de nous.

Les deux employés à l'air sévère se plantèrent de
chaque côté d'Isaac et le saisirent par les bras.

— Hé! qu'est-ce qu'il y a? demanda Isaac.
Qu'est-ce qu'il y a?

Thierry me tenait toujours fermement l'épaule. Je
me tournai vers lui. Il semblait quelque peu hébété.

— Ça va? demandai-je.

Il secoua la tête et parut se sortir de sa léthargie.

— Oui. Je… je pensais à autre chose.

Tout en évitant mon regard, il me lâcha l'épaule.

Isaac discutait avec les deux employés, qui vou-
laient l'expulser.

— Je… j'ai vraiment cru qu'il allait se tuer cette fois, dit Thierry.

— Cette fois ? répétai-je.

— Oui. Il l'a déjà fait auparavant, expliqua Sabrina qui nous avait rejoints.

Les deux hommes entraînaient Isaac vers la sortie. Je regardai Sabrina courir derrière eux pour les rejoindre. Elle avait l'air vraiment furieuse et bouleversée. Encore une fois, je pensai au couple étrange que formaient Sabrina et Isaac. Ils étaient si différents l'un de l'autre. Et elle ne semblait même pas l'aimer tant que ça.

Thierry s'était emparé d'un des bâtons qui se trouvaient à côté de la cage. Il s'élança vigoureusement, comme s'il frappait une balle imaginaire.

— On dirait bien que la compétition est terminée, dit-il calmement. Désolé.

— Ce n'est pas grave, répondis-je.

Je frissonnais. C'était vraiment une soirée fraîche.

— Allons-nous-en.

Il lança le bâton sur le sol et se dirigea vers la sortie.

Tout en suivant Thierry, je revis l'expression étrange sur son visage quand Isaac l'avait invité à monter à son tour.

Était-ce de la peur ?

De la colère ?

De la jalousie ?

Une telle tristesse avait empli ses yeux verts. À quoi avait-il donc pensé ?

Je me rendis compte que j'attachais probablement trop d'importance à tout ça. Thierry avait seulement craint pour la sécurité d'Isaac.

Mais pourquoi étais-je si troublée tandis que Thierry et moi marchions jusqu'à sa familiale?

«Tu es seulement nerveuse, Annie, me dis-je. C'est ton premier rendez-vous avec Thierry et tu n'es pas certaine de lui plaire.»

Et pourquoi aurais-je dû lui plaire?

J'avais été silencieuse durant toute la soirée. Je me sentais tellement étrangère parmi tous ces jeunes qui se connaissaient depuis toujours.

«Il ne m'invitera plus jamais», pensai-je en me glissant sur la banquette avant et en fermant la portière. Le siège en cuir était très froid.

Thierry démarra. Deux autres couples s'étaient entassés à l'arrière.

— Peux-tu mettre un peu de chaleur? demandai-je en croisant les bras sur ma poitrine pour me réchauffer.

— Bien sûr, répondit-il en touchant quelques boutons.

Il conduisit prudemment en roulant moins vite que la limite permise. Tout le monde plaisanta à propos de l'escalade d'Isaac. Un garçon qui prenait place à l'arrière raconta qu'un jour, Isaac était entré par effraction dans une maison et qu'on l'avait pris en train de nager nu dans la piscine intérieure. Une fille relata ensuite l'arrestation d'Isaac qui était entré par effraction dans sa propre maison!

— Il a été arrêté une vingtaine de fois! déclara un autre garçon.

41

Tout le monde rit, sauf Thierry.

— Isaac n'est pas un criminel, dit-il avec conviction. Après tout, il n'a jamais été reconnu coupable de quoi que ce soit. Il plaide toujours l'aliénation mentale!

Tout le monde, y compris Thierry, éclata de rire.

Je me sentais vraiment bien et m'étais finalement réchauffée au moment où Thierry engagea la familiale dans l'allée de notre maison après avoir déposé les deux autres couples. Il passa au point mort, mais n'éteignit pas le moteur.

La lumière de la véranda était allumée, tout comme celle de la chambre de mes parents au premier étage. L'horloge du tableau de bord indiquait vingt-trois heures vingt-quatre. Il était encore assez tôt.

Je me demandai si Thierry allait m'embrasser.

Tout en le regardant à la faible lueur de la lumière de la véranda, je me rendis compte que je souhaitais qu'il le fasse.

Ses yeux fixaient les lumières vertes du tableau de bord. Je me demandai à quoi il pensait.

Essayait-il de décider s'il allait m'embrasser ou non?

Était-il nerveux aussi?

Pensait-il seulement à moi?

Il avait le regard sans expression. Je ne pouvais rien y lire.

— Eh bien, voilà une soirée typique à Clairmont, dit-il en se tournant vers moi et en souriant.

— Je me suis bien amusée, dis-je en souriant à mon tour.

— Moi aussi, dit-il automatiquement.

Allait-il se pencher vers moi et m'embrasser ?

Non.

— On se revoit à l'école, dit-il.

— Oui. D'accord.

Je lui accordai quelques secondes supplémentaires. Toutefois, il garda les deux mains sur le volant. J'ouvris donc la portière et descendis.

Les phares éclairèrent le devant de la maison tandis que je cherchais mes clés et ouvrais la porte.

Je me sentais déçue.

Et complètement stupide.

Le vestibule et le salon étaient plongés dans l'obscurité.

Sans me donner la peine d'allumer les lumières, je pendis mon blouson dans la garde-robe du vestibule.

Puis, dans le noir, je me dirigeai vers l'escalier.

Chapitre 6

En étouffant un cri, je trébuchai et heurtai la rampe.
J'entendis des pas feutrés sur le plancher.

— Achille! soufflai-je dans un murmure sourd.

J'allumai la lumière dans le passage. Le stupide
chat se trouvait à mes pieds, les yeux levés vers moi.

— Achille, combien de fois devrai-je te répéter
de ne pas m'effrayer comme ça? demandai-je en le
prenant dans mes bras.

Il ronronna d'excitation.

Je frottai mon nez contre son museau.

— Ne saute pas sur moi, lui dis-je pour la cen-
tième fois. Je n'ai pas neuf vies comme toi.

Je le serrai contre moi et caressai son doux pelage
blanc.

— Tu ne comprends pas un mot de ce que je te
dis, n'est-ce pas, gros bêta?

Il ronronna de contentement tandis que je lui flat-
tais le dos. Puis il me donna un coup de patte; c'était
sa façon de me dire qu'il avait eu assez d'affection.

Je le posai par terre et il s'éloigna sans bruit.

La pire habitude d'Achille est de sauter sur les

gens dans le noir. Mais je l'aime quand même. Il est si beau avec son abondante fourrure blanche et duveteuse et ses grands yeux bleus et sérieux.

J'avais commencé à gravir l'escalier en songeant à Thierry lorsque la voix de ma mère vint interrompre mes pensées.

— Annie, c'est toi?

— Oui, c'est moi, répondis-je.

Elle apparut dans le haut de l'escalier, les cheveux dénoués, vêtue d'un long peignoir en finette rose.

— Comment ça s'est passé?

— Bien.

— Qu'avez-vous fait? demanda ma mère en bâillant bruyamment.

— Nous sommes allés chez un ami, lui dis-je en montant l'escalier. Il y avait beaucoup de monde.

— C'est bien, fit-elle d'une voix endormie. À demain matin.

Elle disparut dans sa chambre.

Quelques minutes plus tard, j'étais au lit et pensais à Thierry.

Une fois de plus, j'entendis la fille chez Isaac dire : «C'est la nouvelle petite amie de Thierry.» Je me demandai si je l'étais *vraiment*.

Je me demandai aussi s'il me réinviterait.

Avant de m'en rendre compte, je sombrai dans un sommeil profond. Si je rêvai de Thierry, je ne m'en souvenais plus au matin.

Je croisai Sabrina à l'école le lundi matin. On bavarda durant un moment entre deux cours.

Je m'aperçus que je l'aimais vraiment. J'espérais que nous deviendrions de bonnes amies.

À l'heure du dîner, je repérai Sabrina assise à une table dans un coin de la cafétéria et j'apportai mon plateau pour aller manger avec elle.

On discuta de la dissertation trimestrielle que nous devions remettre pour le cours de sciences sociales. Sabrina et les autres élèves de ma classe étaient très avantagés par rapport à moi. Ils avaient commencé leur recherche depuis trois semaines. Je savais que je passerais beaucoup de temps à la bibliothèque et au local d'informatique pour taper des notes et essayer de rattraper les autres.

À un certain moment, il fut question de Thierry.

— Où l'as-tu rencontré ? demanda Sabrina qui prit une grosse bouchée de salade.

— Là-haut, près des chutes, répondis-je.

Elle posa sa fourchette, bouche bée.

— Hein ? Où ?

— Aux chutes, répétai-je, étonnée de sa réaction.

Elle rejeta une mèche de cheveux noirs par-dessus son épaule et me dévisagea comme si elle s'efforçait de déterminer si je disais la vérité.

— Je faisais une randonnée à vélo, expliquai-je. J'explorais. J'ai suivi la piste cyclable qui mène aux chutes et…

— Je n'aurais jamais cru que Thierry irait là-haut, m'interrompit Sabrina qui me fixait toujours avec une vive attention.

Elle saisit sa fourchette et se mit à tapoter nerveusement son plateau.

— Qu'est-ce qui ne va pas, Sabrina ? demandai-je.

Elle plissa les yeux.

— Est-ce qu'on parle des mêmes chutes ?

— Y en a-t-il plusieurs ? demandai-je innocemment.

Elle secoua la tête.

— Je ne peux tout simplement pas croire que Thierry soit remonté là-haut. Après ce qui est arrivé.

Je posai mon morceau de pizza.

— Est-ce que quelque chose de grave est arrivé là-bas ? demandai-je. À Thierry ?

Sabrina fit un signe de tête affirmatif.

— Oui. Il y a quelques mois. En octobre dernier.

Elle s'arrêta, puis poursuivit.

— Je crois qu'il vaudrait mieux que je te raconte. Tout le monde est au courant. Ce n'est pas un secret. Alors là, pas du tout.

— Quoi ? m'écriai-je impatiemment. Quoi ? Quoi ? Arrête de faire tant de mystères. Tu me rends folle !

— Je ne pense pas que tu seras heureuse d'avoir entendu cette histoire, dit Sabrina doucement.

— Qu'est-ce qui te rend folle ? demanda une voix derrière nous.

Je me retournai et aperçus Fanny qui se tenait juste derrière moi avec un plateau rempli dans les mains. Elle posa le plateau à côté de moi, en face de Sabrina, et s'assit.

— Vous paraissez bien sérieuses toutes les deux, fit-elle remarquer en déplaçant les assiettes sur son plateau. De quoi parlez-vous donc? De vos cheveux?

— De notre dissertation pour le cours de sciences sociales, s'empressa de répondre Sabrina en me jetant un regard rapide pour m'indiquer de ne pas la contredire.

Fanny repoussa ses cheveux roux et s'appliqua à insérer une paille dans sa boîte de jus.

— Nous n'avons pas de dissertation dans le cours de monsieur Cusson, déclara-t-elle en s'emparant de son hamburger, mais plutôt un examen comportant une seule question-surprise.

— Je crois que je préférerais l'examen, dis-je en mordant dans mon morceau de pizza. Je suis tellement en retard.

On discuta des professeurs et des cours. Durant tout ce temps, je brûlais d'envie d'entendre la suite du récit de Sabrina à propos de Thierry. Cependant, il était évident que Sabrina ne voulait pas en parler devant Fanny.

« De quoi peut-il bien s'agir? » me demandai-je.

Pourquoi Sabrina avait-elle été si surprise en apprenant que Thierry était allé près des chutes?

Que s'y était-il passé?

Nous avions presque terminé notre repas lorsque je sentis quelqu'un me tapoter l'épaule. Je levai les yeux et aperçus Thierry qui me souriait. Il portait un chandail bleu pâle et des jeans noirs à jambe droite. Il était vraiment beau.

— Salut! m'écriai-je, incapable de cacher ma surprise.

Je l'avais cherché tout l'avant-midi, mais ne l'avais pas vu.

— Comment ça va? me demanda-t-il en jetant un coup d'œil rapide vers Sabrina avant de reporter son attention sur moi.

Il désigna mon plateau.

— Tu aimes la pizza qui goûte le carton?

— C'est ma préférée, répondis-je. Ça va, je crois. Mais je me perds sans cesse. Cette école est tellement plus grande que celle que je fréquentais avant.

— As-tu vu Isaac? demanda-t-il à Sabrina.

Celle-ci fit la grimace.

— Il est en retenue durant l'heure du dîner.

Thierry rit.

— Pourquoi?

Sabrina roula les yeux.

— Il a dit une grossièreté à madame Désy.

— C'est tout ce qu'Isaac sait dire, des grossièretés, déclara Thierry en ricanant. Annie, est-ce que tu as reçu ta nouvelle bicyclette?

J'acquiesçai.

— Oui, elle est usagée. Les neuves étaient trop chères. Elle est en parfait état, cependant. Elle a vingt et une vitesses.

Thierry se pencha plus près de moi.

— Super! Tu veux qu'on aille faire une balade samedi après-midi?

J'avais promis à mon père de l'aider à déballer quelques boîtes qui se trouvaient dans le garage, mais je savais que je pourrais y échapper.

— Oui. Super, dis-je. Viens me chercher, d'accord?

— D'accord.

Thierry disparut aussi vite qu'il était apparu.

Je me sentais vraiment heureuse. Après tout, j'avais l'air de lui plaire.

Mon sourire s'évanouit lorsque je remarquai l'expression de Fanny. Elle se mordillait la lèvre inférieure, l'air renfrogné. Elle était devenue subitement très pâle, trop pâle.

— Fanny... est-ce que ça va ? demandai-je.

— Non, pas vraiment, répondit-elle faiblement.

Elle laissa tomber le reste de son hamburger sur son plateau et recula sa chaise.

— Je crois que cette nourriture me rend malade.

— Est-ce que je peux t'aider ? demandai-je.

Mais elle bondit sur ses pieds et sortit précipitamment de la cafétéria sans se retourner.

— Tu crois qu'on devrait l'accompagner ? demandai-je à Sabrina.

Celle-ci secoua la tête.

— Non, elle s'en tirera toute seule.

Elle avait tripoté sa salade durant toute l'heure du repas, mais en avait à peine avalé une bouchée.

— Tu n'as donc pas faim ? demandai-je.

Sabrina fit un signe affirmatif.

— Oui. Mais je dois perdre du poids. Je déteste avoir un petit ami plus mince que moi.

— Je crois que tu es pour ainsi dire parfaite, lâchai-je.

Je me sentis immédiatement gênée d'avoir dit ça. Toutefois, c'était vrai. J'aurais donné n'importe quoi pour ressembler à Sabrina au lieu d'avoir une silhouette de petit garçon.

Sabrina saisit son plateau et se leva.

— Prête ?

J'acquiesçai.

— Oui. Mais tu dois finir ce que tu avais commencé à me dire à propos de Thierry.

Son expression devint sérieuse.

— D'accord, Annie. Je vais tout te raconter, dit-elle doucement. Mais ça changera peut-être tout. Vraiment.

— Je ne comprends pas, dis-je. Changer quoi ?

— Les sentiments que tu éprouves pour Thierry, entre autres, répondit Sabrina. Tu vois, c'est au sujet de cette fille qui est morte. En as-tu entendu parler ?

Morte ?

Quelle fille ?

On déposa nos plateaux sur le comptoir.

« Peut-être que je n'ai *pas* envie de savoir », pensai-je.

— Non. Je n'en ai pas entendu parler, répondis-je d'une voix tremblante.

Je la suivis hors de la cafétéria. Elle m'entraîna à l'étage supérieur et dans le corridor menant au bureau du directeur.

Le corridor était bondé et bruyant, envahi par les élèves qui avaient terminé leur repas et flânaient en attendant la sonnerie qui annoncerait le début du cinquième cours.

Je ne leur prêtai pas attention. Je suivis Sabrina tout en me demandant où elle m'emmenait et ce qu'elle allait m'apprendre. Tandis que nous marchions, mon estomac se noua sous l'effet de l'anxiété.

Mes mains devinrent froides. Mon cœur se mit à battre plus vite.

« *Ça changera peut-être tout* », avait dit Sabrina. *Tout*.

De quoi voulait-elle donc parler?

Nous nous trouvions maintenant près de l'entrée principale. Le bureau du directeur était diagonalement opposé aux grandes portes vitrées. Sur le mur adjacent au bureau se dressait une imposante vitrine comme celles qu'on utilise habituellement pour exposer les trophées.

Sabrina s'immobilisa devant la vitrine. Elle repoussa son abondante chevelure noire en arrière à deux mains et plongea son regard dans le mien.

— Voilà la fille qui est morte, annonça-t-elle en désignant la vitrine. Elle a perdu la vie aux chutes.

J'avalai ma salive avec difficulté et regardai dans la vitrine.

Il n'y avait rien, mis à part une photographie. C'était un agrandissement d'une photo prise à l'école.

Sur la photo apparaissait une jolie fille. Elle avait un visage de rêve : des cheveux blonds et brillants, des yeux bleus étincelants, des pommettes hautes comme celle d'un mannequin et un superbe sourire qui révélait des dents blanches et parfaites.

La photographie était drapée de crêpe noir.

Je regardai fixement les yeux de la jeune fille. Ils me fixèrent à leur tour froidement.

Au bout de quelques secondes, je détournai la tête.

— Elle est morte? demandai-je à Sabrina d'une

voix tendue et perçante. Qui est-elle ? Ou plutôt, qui était-elle ?

— C'est Marie-Hélène, répondit doucement Sabrina. La petite amie de Thierry.

Chapitre 7

Je fixai la photographie de Marie-Hélène.

Je regardai ces yeux bleus et ronds, ce sourire parfait, ces cheveux blonds comme du miel simplement rejetés en arrière et effleurant sa peau de pêche.

Le crêpe noir entourant la photo était de trop.

Elle semblait si insouciante, si belle, si... heureuse.

Je ne pouvais l'imaginer portant le noir.

Elle n'aurait pas dû se trouver là, dans cette vitrine, avec l'année de sa mort sous sa photo.

Je me détournai, secouée par un violent frisson. J'avais l'impression de violer son intimité, en quelque sorte.

— C'était la petite amie de Thierry ? demandai-je à Sabrina.

Celle-ci hocha la tête.

Je voulais en savoir plus long. Un millier de questions me venaient à l'esprit. Je voulais tout savoir à son sujet. Je voulais la connaître. Et savoir comment elle était morte.

Et pourquoi Sabrina avait-elle dit que cela changerait peut-être mes sentiments envers Thierry ?

Mais la sonnerie annonçant le cinquième cours retentit au-dessus de nos têtes.

Sabrina me salua et s'enfuit en me laissant plantée là.

Avec Marie-Hélène.

Mes yeux se rivèrent sur ceux de Marie-Hélène encore une fois. Tandis que je la dévisageais, les voix et les rires qui résonnaient dans le corridor s'estompèrent.

Marie-Hélène et moi étions seules.

« Que t'est-il arrivé, Marie-Hélène ? demandai-je silencieusement. Que t'est-il arrivé, là-haut, aux chutes ? »

Elle me fixait à travers la vitre.

Était-ce de la tristesse que je décelai dans ces yeux bleus ? Y avait-il de la tristesse derrière ce sourire ?

Je dus faire un effort pour détacher mes yeux de la photo.

À mon étonnement, le corridor était presque désert.

La deuxième sonnerie allait bientôt se faire entendre, et je n'étais pas encore allée chercher mes livres.

Combien de temps étais-je restée plantée là ?

Je savais qu'il fallait que je parle à Sabrina et que j'obtienne les réponses à toutes mes questions. En évitant la vitrine, je me dirigeai vers mon casier en courant doucement.

« J'appellerai Sabrina ce soir », me dis-je.

« Je lui ferai tout raconter. »

L'après-midi me parut interminable. J'étais très distraite. Je ne crois pas avoir entendu un seul mot autour de moi.

Après les cours, je passai deux longues heures au local d'informatique pour taper les notes dont j'aurais besoin pour rédiger mon travail de sciences sociales.

J'étais si loin derrière les autres élèves que je me sentais vraiment débordée. De plus, je ne connaissais pas la marque d'ordinateurs qu'on utilisait à la polyvalente de Clairmont et je faisais sans cesse des erreurs.

Ce soir-là, tout en m'efforçant de me concentrer sur mon devoir de maths, je me surpris à penser à Marie-Hélène. J'étais toujours impatiente d'éclaircir le mystère qui l'entourait. J'appelai chez Sabrina toute la soirée. Au début, il n'y avait pas de réponse. Puis, plus tard, la ligne était constamment occupée.

C'était terriblement frustrant !

Je ne parvins à questionner Sabrina à propos de Marie-Hélène que le lendemain midi, à l'heure du dîner. J'obligeai Sabrina à manger à toute vitesse. (Elle ne mangeait qu'une salade, de toute façon.) Puis, je l'entraînai devant la vitrine.

— Il faut que tu me racontes toute l'histoire, insistai-je en fixant la photographie.

Je me surpris à chercher de nouveau la tristesse dans les yeux de Marie-Hélène.

— Que lui est-il arrivé ?

Sabrina hésita. Elle s'appuya contre le mur en tortillant une mèche de ses cheveux d'un air pensif.

— Tu es sûre de vouloir savoir ?

— Oui, j'en suis sûre, répondis-je avec impatience. Dis-moi ce qui s'est passé.

— Personne ne le sait vraiment, dit Sabrina. En tout cas, personne n'en est vraiment certain.

Je grognai.

— Commence au début, la suppliai-je.

Sabrina attendit qu'un groupe de meneuses de claque passe. Elles portaient toutes un uniforme bleu et blanc ; elles riaient et se bousculaient joyeusement.

Lorsqu'elles eurent tourné le coin, Sabrina lâcha sa mèche de cheveux et fit un pas vers moi.

— C'est arrivé en octobre dernier. C'était une journée très douce pour ce mois. Marie-Hélène et Thierry sont allés aux chutes à bicyclette. On ne sait trop comment, Marie-Hélène et son vélo sont tombés de la falaise. Elle est morte.

J'eus le souffle coupé et fermai les yeux.

— Dans les chutes ?

J'essayai de pas imaginer la scène. C'était horrible.

Les chutes étaient si abruptes. L'eau tombait en plein sur les rochers noirs et pointus.

— Dans les chutes, répéta Sabrina doucement.

— Mais Thierry… commençai-je.

Je ne savais pas vraiment ce que j'avais voulu dire.

— Thierry a raconté à tout le monde qu'il avait laissé Marie-Hélène seule durant une minute ou deux, poursuivit Sabrina qui regardait fixement la vitrine, les poings serrés de chaque côté d'elle. Il prétend avoir vu quelqu'un sur la piste cyclable. Ou il pense avoir vu quelqu'un. De toute façon, soupira Sabrina, il est allé voir qui c'était. Lorsqu'il est revenu…

Elle ne termina pas sa phrase.

J'avalai difficilement ma salive et fixai la vitrine. La photo de Marie-Hélène n'était plus qu'une masse confuse de couleurs à mes yeux. Du rose, du bleu, et du noir autour.

— Lorsqu'il est revenu, Marie-Hélène n'était plus là? parvins-je à demander.

Sabrina hocha la tête.

— Thierry l'a cherchée. Puis, il a aperçu sa bicyclette. En bas. Toute tordue.

— Et Marie-Hélène? demandai-je d'une voix étouffée devant tant d'horreur.

— On a retiré son corps des eaux en aval, dit Sabrina dans un murmure. Deux jours plus tard. Elle avait des entailles partout.

De nouveau, j'eus le souffle coupé.

— Quelqu'un l'avait blessée?

Sabrina secoua tristement la tête.

— La police affirme qu'elle a été coupée par tous ces rochers.

J'appuyai une main contre le mur pour reprendre mon aplomb.

C'était une histoire tellement épouvantable.

Et dire que j'étais allée là-haut il y avait quelques jours à peine. Avec Thierry. Je revoyais la scène clairement. Je pouvais même entendre le grondement des chutes dans ma tête.

Je me tournai vers Sabrina qui avait croisé les bras sur sa poitrine.

— Pourquoi s'est-elle suicidée? réussis-je à prononcer.

— Qu'est-ce qui te fait croire qu'elle s'est suicidée? me demanda Sabrina, visiblement émue.

— Hein?

Je restai bouche bée et tentai de comprendre ce qu'elle essayait de me dire.

— J'étais la meilleure amie de Marie-Hélène, me confia Sabrina. Je pensais qu'elle était tout à fait heureuse.

Elle soupira et baissa les yeux.

— Je crois qu'on ne connaît jamais vraiment les autres, ajouta-t-elle. Même nos amis intimes. On ne sait jamais ce qu'ils ont en tête.

— Mais…

— La police a conclu à un suicide, m'interrompit Sabrina qui fixait toujours ses chaussures de sport. Au cas où tu ne serais pas encore au courant, les parents de Thierry sont très riches. L'enquête de la police a donc été très courte.

Je restai abasourdie en entendant les paroles de Sabrina. Je portai mes mains à mon front et frottai mes tempes qui élançaient.

— Mais personne ne soupçonnait Thierry, n'est-ce pas? demandai-je d'une voix étranglée par l'émotion.

— Non, pas vraiment, répondit Sabrina à contre-cœur.

Elle leva les yeux vers moi.

— Mais il y a eu des racontars. Tu sais bien comment les rumeurs prennent naissance.

— Quel genre de rumeurs ? demandai-je.

— Des rumeurs, c'est tout, répondit Sabrina d'un ton irrité. Des rumeurs selon lesquelles Marie-Hélène et Thierry se seraient disputés. Certains ont prétendu que Thierry voulait rompre avec elle pour sortir avec une autre fille.

— Une autre fille ?

— Bien… on a vu sa voiture garée dans l'allée chez Fanny un soir.

Je dévisageai Sabrina en m'efforçant de comprendre ce qu'elle disait, en essayant de lire dans ses pensées.

— Sabrina, *tu* ne crois pas que Thierry a tué Marie-Hélène… n'est-ce pas ? demandai-je.

— Non. Bien sûr que non, répondit-elle rapidement.

Trop rapidement.

Elle me saisit le bras et approcha son visage du mien.

— Mais je serais prudente à ta place, Annie, chuchota-t-elle.

Prudente ?

Que voulait-elle dire ?

— Je serais vraiment prudente, répéta-t-elle à voix basse en me serrant le bras fermement.

— Sabrina ?

— Il faut que je parte, dit-elle en me lâchant. À tout à l'heure, d'accord ?

Avant que je n'aie pu ajouter un mot, elle était partie en courant dans le corridor.

Être prudente ?

Qu'avait-elle voulu dire ?

Voulait-elle me mettre en garde contre Thierry ?

Non. Elle avait dit qu'elle ne croyait *pas* que Thierry avait tué Marie-Hélène.

Alors pourquoi Sabrina me disait-elle d'être prudente ?

J'enfouis mes mains dans les poches de mes jeans et m'efforçai d'arrêter de trembler. Je voulais m'éloigner, me rendre à mon casier, penser à autre chose.

À *n'importe quoi* d'autre.

Mais Marie-Hélène ne me laissait pas partir.

Sa photo drapée de noir me suppliait, m'appelait, m'attirait. Je restai là à la fixer.

« Sabrina m'a raconté toute l'histoire. »

« Mais elle ne m'a vraiment rien dit. »

« Une autre histoire se cache derrière celle-ci, n'est-ce pas, Marie-Hélène ? » demandai-je silencieusement.

« Il y a des secrets que tu n'as pas révélés. »

« Des secrets que tu ne révéleras peut-être jamais. »

Je ne sais pas combien de temps je demeurai plantée là. J'ignore aussi combien de temps je mis à me rendre compte que quelqu'un s'était joint à moi. Quelqu'un se tenait à mes côtés, si près que nos épaules se touchaient.

Je ne sais pas combien de temps s'écoula avant que je ne m'aperçoive qu'il me regardait avec une vive attention tandis que je fixais Marie-Hélène.

— Elle ne s'est pas suicidée, dit-il.

Chapitre 8

— Qu'est-ce que tu as dit? m'écriai-je, stupéfaite.

Je reculai d'un pas et l'examinai. Il portait des lunettes rondes à monture dorée. Il était petit, plus petit que moi, et maigre comme un clou. Il avait un visage délicat et des yeux d'un brun intense. Ses cheveux bruns étaient coupés en brosse.

En faisant un autre pas en arrière, je vis qu'il était vêtu d'une chemise polo à rayures vertes et noires et d'un pantalon brun.

Il m'adressa un sourire nerveux et cligna des yeux à deux ou trois reprises derrière ses lunettes.

— Salut, dit-il d'un ton timide. Tu étais dans le local d'informatique après les cours hier, n'est-ce pas?

Il avait une voix étonnamment grave. Il n'arrêtait pas de cligner des yeux et de tripoter ses livres en parlant.

— Oui, répondis-je.

— J'étais là aussi. Est-ce que tu m'as vu?

Je secouai la tête et lui souris.

— Je me concentrais sur mon travail. Je n'ai vu personne, avouai-je.

Son visage étroit se décomposa.

— Je m'appelle Frédéric, dit-il d'un ton gêné. Frédéric Biron.

— Salut, dis-je. Je suis Annie Corbin.

— Je sais, laissa-t-il échapper, puis il rougit. Je veux dire… j'ai entendu quelqu'un dire ton nom. Tu viens d'arriver ici, n'est-ce pas ?

— C'est ça, répondis-je.

Je levai les yeux vers l'horloge. La sonnerie allait retentir d'une seconde à l'autre.

Le garçon s'éclaircit la voix avec nervosité et se tourna vers la photo de Marie-Hélène.

— Nous étions vraiment très bons amis, me confia-t-il, le visage sans expression. Vraiment.

— C'est vrai ?

Je ne savais pas quoi dire.

— Nous ne sortions pas ensemble, continua Frédéric en fixant la vitrine. Nous étions seulement bons amis. En fait…

Il hésita. Il décida de ne pas terminer sa phrase.

— Quelle terrible histoire ! marmonnai-je, embarrassée.

Quelque chose chez Frédéric me rendait très mal à l'aise. Je suppose que c'était sa nervosité.

— On t'a raconté toute l'histoire ? demanda-t-il en regardant Marie-Hélène.

— Oui, répondis-je.

— Eh bien, elle ne s'est pas suicidée ! cria-t-il avec une véhémence surprenante.

— Comment le sais-tu ? lâchai-je en reculant d'un autre pas.

— Je le sais, répondit-il d'un ton brusque en rougissant de nouveau.

La sonnerie retentit et nous fit sursauter tous les deux.

J'hésitai. Il ne bougea pas.

— Je crois qu'on ferait mieux de se rendre en classe, dis-je, impatiente de m'éloigner de lui.

Il hocha la tête, toujours immobile.

— Es-tu libre samedi, Annie ? Ça te plairait d'aller au cinéma ou quelque chose du genre ?

Son invitation me prit par surprise. Je restai bouche bée. Je le regardai, complètement ébahie, comme si je n'avais pas compris ce qu'il m'avait demandé. Je devais avoir l'air d'une parfaite imbécile.

Pourquoi Frédéric me rendait-il si mal à l'aise ?

— Je suppose que tu as déjà prévu quelque chose, marmonna-t-il avec mécontentement. Alors, une autre fois, peut-être.

Je me rappelai que j'avais rendez-vous avec Thierry samedi, l'après-midi, du moins.

— Oui. Une autre fois, dis-je en me sentant stupide. Ravie de t'avoir rencontré, Frédéric.

Il grommela quelque chose en évitant mon regard et s'éloigna d'un pas rapide. Je le regardai tourner le coin et disparaître.

— Drôle de bonhomme, dis-je à voix haute.

Puis, en jetant un dernier regard à la photo de Marie-Hélène, je pivotai et me hâtai vers ma classe.

L'après-midi fut désastreux.

Je m'étais trompée de pages en faisant mon devoir de mathématiques et monsieur Tourangeau prit plaisir à me ridiculiser devant toute la classe.

Vraiment gentil, ce monsieur Tourangeau.

Puis, tandis que je buvais à la fontaine près du gymnase, l'eau a pris le mauvais conduit et je me suis étouffée sous les yeux d'un tas de gens ; un garçon que je n'avais jamais vu auparavant s'est mis à me taper dans le dos pour m'aider.

Bien sûr, ça n'a pas aidé. J'étais si humiliée.

J'en avais déjà plus qu'assez quand je me suis présentée au local d'informatique après les cours. J'aurais probablement dû rentrer directement chez moi et m'écraser devant la télévision pour le reste de l'après-midi. Cependant, j'avais encore plusieurs pages de notes à taper.

Le local d'informatique était presque désert ; seules deux filles tapaient énergiquement à l'arrière de la salle. Je cherchai Frédéric et fus soulagée de constater qu'il n'était pas là.

Le seul fait de penser à lui me rendait mal à l'aise.

« J'ai peut-être des préjugés contre les garçons plus petits que moi », pensai-je.

Non. C'était plutôt qu'il était lui-même très nerveux et bizarre.

De plus, il m'avait confié des choses tellement révélatrices et terrifiantes, alors que je n'étais pour lui qu'une parfaite étrangère.

« Marie-Hélène ne s'est pas suicidée. »

Pourquoi m'avait-il dit ça? Essayait-il de m'effrayer?

Je secouai la tête comme si je tentais de chasser Frédéric de mes pensées. Puis, je repérai ma disquette dans le classeur, l'insérai dans l'ordinateur et récupérai mon document.

L'ordinateur ronronna et l'écran devint noir.

— Hé! Un instant! m'écriai-je.

Où étaient toutes les notes que j'avais tapées la veille?

«J'ai dû commettre une erreur. Il faut qu'elles soient là. Il le *faut*.»

— Je déteste ces stupides ordinateurs, marmonnai-je à voix basse.

J'éteignis l'appareil et recommençai.

Je tentai de récupérer mon texte.

De nouveau, l'ordinateur ronronna docilement.

Le titre de mon document apparut dans le haut de l'écran.

Mais le reste de la page était vide.

Complètement vide.

Ma gorge se serra. Je fus soudain prise de nausées.

— Où caches-tu mes notes? demandai-je à l'ordinateur.

Je fixai l'écran noir avec un mélange d'incrédulité et de colère.

Mes notes — tout mon travail — avaient disparu.

Je martelai les touches en sautant d'une page à l'autre.

Tout était effacé. Il n'y avait que du vide.

— Non !

Je poussai un cri d'exaspération.

« C'est impossible. »

« Un instant… »

Il y avait quelque chose à la fin du document.

Deux lignes de texte.

J'étais si furieuse que je mis quelques secondes à distinguer les mots.

Tandis que je lisais, mon sang se glaça dans mes veines.

Au bas de l'écran apparaissaient deux courtes phrases :

**ÉLOIGNE-TOI DE THIERRY.
CELA POURRAIT TE SAUVER LA VIE.**

Chapitre 9

Mes notes n'avaient pas été effacées accidentellement, constatai-je. Quelqu'un avait fait le coup.

Quelqu'un avait effacé mon travail, puis tapé ce message menaçant à la fin du document.

— Qui? m'écriai-je sans me rendre compte que je parlais tout haut.

Je me retournai et vis les deux filles assises derrière qui me regardaient.

J'éteignis l'ordinateur et, en laissant la disquette dans l'appareil, je fourrai mes livres dans mon sac à dos et me précipitai hors du local.

Je respirais avec peine. Mes tempes élançaient.

Je courus dans le corridor, mes chaussures de sport heurtant le plancher dur avec un bruit sourd, puis dévalai l'escalier.

« Qui m'a fait ça ? » me demandai-je.

Tant de travail! Et moi qui étais déjà si en retard sur les autres.

J'avais envie de pleurer. Mais je parvins à me maîtriser.

« Qui a fait ça ? »

Je passai devant des classes vides et des rangées de casiers et croisai le concierge qui transportait deux grosses poubelles grises.

Je m'immobilisai brusquement devant la vitrine où se trouvait la photo de Marie-Hélène.

« Ne t'arrête pas », me dis-je.

Cependant, quelque chose m'empêchait de poursuivre ma course.

Marie-Hélène me fixait.

Son sourire avait changé.

Elle me mettait en garde contre Thierry.

Non !

Je m'obligeai à continuer mon chemin et tournai rapidement le coin.

Des rires. Là-bas, devant moi.

J'aperçus Sabrina, appuyée contre son casier, des livres et des cahiers à ses pieds. Et je vis Isaac qui se tenait tout près d'elle.

Ils rigolaient tous les deux.

Ils s'interrompirent en me voyant approcher.

— Il faut que je rentre, annonça Isaac qui se pencha pour ramasser quelques livres et les tendit à Sabrina. Comment ça va ? me demanda-t-il.

— Bien, répondis-je avec sarcasme. Très bien.

Isaac, cependant, s'était déjà éloigné en saluant Sabrina d'un geste de la main sans attendre ma réponse.

— Salut, Annie. Qu'est-ce qui ne va pas ? demanda Sabrina en se baissant pour s'emparer du reste de ses affaires.

— Quelqu'un a effacé tout mon travail, lâchai-je, à bout de souffle.

Sabrina se redressa et laissa ses livres sur le sol.

— Hein ?

Je répétai ce que j'avais dit. Elle demeura bouche bée. Elle secoua la tête.

Je lui racontai à propos de l'avertissement qui apparaissait à la fin du document et qui me mettait en garde contre Thierry.

Son expression devint songeuse. Elle tortilla une mèche de ses cheveux.

— Qui ferait une chose si méchante ? demanda-t-elle.

Je haussai les épaules.

— Je ne connais encore personne, dis-je en gémissant. Ce n'est que ma deuxième journée dans cette stupide école !

— Tu veux aller quelque part pour en discuter ? offrit Sabrina.

— Je ne sais pas, répondis-je d'un ton misérable. Je crois que je vais simplement rentrer chez moi. J'ai eu une dure journée et…

Je m'interrompis en voyant Thierry tourner le coin. Il avait la tête baissée et avançait en bondissant. Un sourire se dessina sur son visage lorsqu'il m'aperçut.

— Hé ! salut ! s'écria-t-il.

Il se hâta vers nous, son sac à dos sur l'épaule et une raquette de tennis dans un étui bleu dans la main.

— Qu'est-ce que vous faites ici si tard ?

— Isaac était en retenue et j'attendais qu'il me donne des notes, expliqua Sabrina.

— Tu as de gros ennuis si tu as besoin des notes d'Isaac! la taquina Thierry.

— Il s'agissait de *mes* notes. Il fallait que je les récupère, dit Sabrina.

Elle se pencha et se mit à ramasser ses affaires par terre.

Thierry se tourna vers moi.

— Et toi, qu'est-ce que tu fais?

Je fus parcourue par un brusque tremblement de frayeur.

La mise en garde sur l'écran de l'ordinateur apparut dans mon esprit. Je vis aussi le visage de Marie-Hélène.

« L'as-tu tuée, Thierry? »

La question avait surgi dans ma tête.

Je dévisageai Thierry. Avais-je vraiment peur de lui?

Ma peur s'envola rapidement.

Il me souriait chaleureusement en passant timidement sa main libre dans ses cheveux épais. Ses yeux verts semblaient sourire aussi.

« Thierry n'est pas un assassin », me dis-je.

— J'étais dans le local d'informatique, répondis-je. Mais il est arrivé quelque chose à ma disquette. Tout mon travail a été effacé.

— Ça ne m'étonne pas, dit Thierry.

— Hein?

Je le regardai fixement, étonnée par ses propos. Sabrina leva également les yeux vers lui.

71

— Ces vieux ordinateurs sont terribles, expliqua Thierry en faisant balancer sa raquette de tennis sur son épaule. Ils tombent presque en ruine.

— Je ne sais pas si c'est la faute de l'ordinateur, mais j'ai perdu toutes mes notes, dis-je avec mécontentement en décidant de ne rien lui dire à propos de l'avertissement.

Sabrina fourra ses affaires dans son casier, ferma la porte et la verrouilla.

— Il faut que je parte.

Elle se tourna vers Thierry.

— Qu'est-ce que tu fais ici si tard? Tu es en retenue toi aussi?

Il leva sa raquette de tennis.

— Nous avons un entraînement de tennis, répondit-il. Nous nous rendrons en finale provinciale cette année.

— Tu rêves, grommela Sabrina d'un ton sarcastique.

Le sourire de Thierry s'élargit.

— Non. C'est sérieux.

— Il faut que je parte, dit Sabrina en se tournant vers moi. Si j'arrive en retard au travail, on va me crier après.

— À bientôt, dis-je en songeant à mes notes perdues.

— Tu veux faire quelque chose samedi après-midi? me cria-t-elle à mi-chemin dans le corridor. J'ai un cours le matin, mais nous pourrions aller au centre commercial dans l'après-midi.

— Je ne peux pas, répondis-je. Thierry et moi

allons essayer ma nouvelle bicyclette. Tu veux nous accompagner?

— Non, merci. J'ai le goût de faire des emplettes. À bientôt!

Et elle disparut par une porte latérale.

Thierry et moi étions maintenant seuls dans ce long corridor désert. Il fit tournoyer le manche de la raquette dans sa main.

Je m'efforçai de trouver quelque chose à dire.

Je me demandai si je devais lui avouer que je savais à propos de Marie-Hélène.

Pourtant, ça ne semblait pas le moment ni l'endroit.

«Je lui dirai peut-être samedi, pensai-je. Ou peut-être pas.»

«Après tout, à quoi cela servirait-il d'en parler?»

«Et que pourrais-je dire?»

— Tu me raccompagnes chez moi? demandai-je en constatant que je commençais à bégayer. Ou préfères-tu que *je* te raccompagne?

Il sourit, mais secoua la tête.

— Je ne peux pas. Je dois retourner à l'entraînement. Je suis seulement sorti pour téléphoner.

— D'accord, dis-je. À bientôt. J'ai vraiment hâte à samedi.

— Moi aussi, dit-il.

Nous avons marché ensemble jusqu'à la porte latérale et nos pas résonnaient dans le couloir vide. Il était sur le point d'ouvrir la porte, puis s'arrêta.

Il hésita. Puis, à ma grande surprise, il se pencha et m'embrassa en pressant ses lèvres contre les miennes, doucement d'abord, puis avec plus de force.

J'étais si abasourdie que j'avalai ma salive avec bruit.

En regardant par-dessus son épaule tandis que nous nous embrassions, j'aperçus soudain quelque chose.

Un éclat de couleur.

Quelqu'un nous observait au coin du corridor.

Je m'écartai de Thierry pour mieux voir.

La personne qui était là se retira vivement.

Mais pas avant que j'aie pu apercevoir une chevelure rousse.

Fanny !

— Viens ici, Achille. Viens sur mes genoux.

J'appelais le chat têtu depuis dix minutes, mais il refusait de bouger. Il était assis dans l'embrasure de la porte du salon et me fixait dans mon fauteuil comme si j'étais folle.

— D'accord, reste là, dis-je avec mauvaise humeur. Tu veux faire l'indépendant ? À ta guise.

Dès que je prononçai ces paroles, l'animal traversa rapidement la pièce et sauta sur mes genoux.

Je me mis à rire.

— J'aurais dû utiliser cette stratégie avant, lui dis-je en caressant son pelage blanc.

Achille me tint compagnie durant une minute, puis s'enfuit.

C'était vendredi soir ; j'étais seule à la maison et me sentais agitée. Mes parents assistaient à une soirée à l'université. Quant à mon frère Maxime, il passait la nuit chez l'un de ses nouveaux amis.

Je tapotai l'accoudoir du fauteuil en cuir en essayant de décider ce que j'allais faire. Il n'y avait rien à la télévision.

Je savais qu'il aurait fallu que je continue mon travail de sciences sociales, mais je n'en avais pas envie. Après tout, qui fait des devoirs le vendredi soir ?

Je me levai après avoir décidé de laver mes cheveux et d'essayer une nouvelle coiffure que j'avais vue dans un magazine de mode.

C'est alors que la photo de Marie-Hélène apparut dans mon esprit. Je vis ses cheveux. Ils étaient blonds comme les miens, mais plus beaux et ondulés. Ils tombaient si naturellement et semblaient si faciles à coiffer.

« Elle ne se coiffe plus maintenant », pensai-je tristement.

« Elle est morte. »

« Pourquoi suis-je incapable de la chasser de mes pensées ? »

« Pense à quelque chose d'agréable », me dis-je.

Et je me mis à penser à Thierry.

Je me demandai ce qu'il faisait ce soir. Il s'ennuyait peut-être autant que moi, seul chez lui.

« Vas-y. Appelle-le », me dis-je.

Je me laissai retomber dans le fauteuil et m'emparai du téléphone sur la table à côté de moi.

J'hésitai.

Je me sentis soudain nerveuse.

Le téléphone dans la main, je constatai que je ne

connaissais pas le numéro de Thierry. Après avoir fait le 411, je répétai le numéro encore et encore dans ma tête pour ne pas l'oublier, puis le composai rapidement avant de perdre mon courage.

Je m'aperçus que je serrais le récepteur si fort que ma main me faisait mal. Je desserrai les doigts.

Trois sonneries.

«Il n'est pas chez lui, pensai-je, déçue. Il n'y a personne.»

On décrocha au milieu de la quatrième sonnerie.

— Allô?

— Euh… madame M-Méthot? balbutiai-je.

— C'est toi, Fanny? demanda madame Méthot d'un ton surpris. Thierry n'est pas encore allé te chercher? Il a quitté la maison il y a déjà un bon moment.

Je figeai.

— Fanny? dit la mère de Thierry.

— Désolée. J'ai composé le mauvais n-numéro, parvins-je à prononcer.

Et je raccrochai brutalement le récepteur.

«Thierry est sorti avec Fanny ce soir?»

Je m'en voulus de me sentir si blessée.

Il avait parfaitement le droit de sortir avec Fanny, après tout. Ce n'était pas comme si Thierry et moi…

Nous n'étions pas…

Lui ou moi n'avions jamais dit…

Je pris une grande inspiration et retins mon souffle.

Je baissai les yeux et vis Achille qui me regardait de ses grands yeux bleus dans l'embrasure de la porte.

— Thierry est sorti avec Fanny ce soir, lui dis-je.

Je bondis lorsque le téléphone sonna. Achille prit la poudre d'escampette.

Je décrochai avant la deuxième sonnerie.

Une voix grinçante et dure se fit entendre avant même que je n'aie pu dire allô.

— *Les ordinateurs ne mentent pas*, murmura quelqu'un. *Éloigne-toi de Thierry Méthot. Une petite amie morte, c'est suffisant.*

Chapitre 10

Je fus incapable de dormir après cela. La voix âpre ne cessait de répéter son avertissement brutal dans mon esprit.

Je n'avais pas eu peur au début.

Assise dans le salon en fixant le téléphone à côté de moi, j'avais réagi avec plus de colère que de frayeur.

Quelqu'un croyait-il vraiment qu'il pouvait m'éloigner de Thierry en chuchotant de stupides menaces au téléphone ?

Plus j'y pensais, cependant, plus j'avais peur.

La personne qui avait appelé savait à propos de l'ordinateur. De toute évidence, il s'agissait de celui ou celle qui avait effacé mes notes.

Était-ce la même personne qui avait tailladé les pneus du vélo de Maxime le jour où j'avais rencontré Thierry ?

Qui que ce fût, cette personne savait où me joindre et où j'habitais.

Je frissonnai.

Je me rappelai soudain un film que j'avais vu à la télévision ; une gardienne d'enfants se trouvait seule dans une maison et recevait des appels menaçants. Celui qui téléphonait était en haut, dans la maison, avec elle !

Je me levai et fis le tour de la maison pour m'assurer que toutes les portes étaient verrouillées.

Comme si cela empêcherait quelqu'un de m'attraper s'il le voulait vraiment.

— Ce n'est qu'une plaisanterie, dis-je tout haut.

Ma voix chevrotante ne semblait pas très rassurante.

De nouveau, je pensai à Marie-Hélène.

Elle était *vraiment* morte. Il ne s'agissait pas d'une plaisanterie.

Plus tard, j'allai me coucher et mis beaucoup de temps à m'endormir.

Le lendemain matin, j'appelai Sabrina tout de suite après avoir déjeuné. Il *fallait* que je parle à quelqu'un.

— Je m'en vais, dit-elle, étonnée d'entendre ma voix si tôt le matin. Je suis un stupide cours d'électrotechnique le samedi matin.

— Tu suis quoi ? demandai-je, certaine de n'avoir pas bien entendu.

— Tu m'as bien comprise, répondit-elle en grognant. C'est un cours pour débutants qui dure deux heures chaque samedi matin. Tu vois, Fanny croit que les filles devraient s'y connaître davantage dans ce domaine. Et elle m'a convaincue de m'inscrire.

— Comment y est-elle parvenue ? demandai-je.

— Bien, le professeur n'est pas mal du tout... commença Sabrina.

Elle soupira.

— Je ne sais pas si ça me plaît vraiment. Nous n'avons eu que deux cours jusqu'à maintenant. C'est plutôt intéressant. Les circuits, tout ça. Et toi, quoi de neuf? demanda-t-elle.

— J'ai reçu un appel hier soir, répondis-je.

Je lui fis part de ce coup de téléphone terrifiant. Et de la menace.

— C'est vraiment terrible! s'exclama Sabrina. En as-tu parlé à tes parents?

— Bien… non, avouai-je.

— Tu devrais peut-être le faire, insista Sabrina. Qui que ce cinglé soit, il pourrait bien être sérieux.

— Qu'est-ce qui te fait croire que c'est un homme? demandai-je.

Sabrina demeura silencieuse durant un moment.

— De qui crois-tu qu'il s'agit? demanda-t-elle enfin.

— De Fanny, peut-être, répondis-je.

Je n'y avais pas vraiment songé avant cet instant. Je n'avais pas réellement soupçonné Fanny.

Mais, soudain, je conclus que la voix grinçante pouvait très bien être celle de Fanny.

— Fanny?

Sabrina parut stupéfaite.

— Annie, je ne crois pas.

— Mais, Sabrina…

— Fanny est une fille honnête, m'interrompit Sabrina. Tu ne devrais pas te fier aux apparences. Elle est vraiment honnête.

— Tu le sais mieux que moi, dis-je à contrecœur.

Mais quelque chose à propos de cette voix qui murmurait…

— Allez! Pourquoi Fanny essaierait-elle de t'éloigner de Thierry? demanda Sabrina.

— Peut-être parce qu'ils sont sortis ensemble hier soir, dis-je.

— Hein?

Sabrina eut l'air vraiment choquée.

— Tu en es certaine? demanda-t-elle.

— Oui, j'en suis sûre.

Je lui racontai ma brève conversation avec madame Méthot qui m'avait prise pour Fanny.

— Comment se fait-il que tu sois si surprise? demandai-je.

Elle mit un moment à répondre.

— C'est une assez longue histoire, dit-elle. Je suis simplement étonnée, c'est tout. Il faudra que je pose quelques questions à Fanny à propos de leur rendez-vous d'hier. Je t'en reparlerai. Je suis en retard.

— Mais, Sabrina…

— Tu vas toujours faire de la bicyclette avec Thierry cet après-midi? demanda-t-elle.

— Oui, je suppose.

— Sois prudente, d'accord?

Puis Sabrina raccrocha.

Sois prudente?

Thierry arriva un peu avant quatorze heures. Je l'observai par la fenêtre du salon tandis qu'il remontait l'allée à bicyclette. Il sauta par terre alors que son vélo roulait encore et le laissa tomber sur la pelouse.

Il ne m'avait pas vue. Je le regardai rabattre son chandail molletonné bleu pâle et replacer ses cheveux à deux mains.

C'était plutôt amusant de l'espionner.

«Il est si séduisant, pensai-je. Il devrait aller à Hollywood et faire du cinéma.»

Je me souvins brusquement de quelque chose que m'avait déjà dit ma mère il y avait très longtemps pour me mettre en garde contre les garçons qui étaient plus beaux que moi.

C'est étrange de voir comment certaines choses surgissent dans notre esprit sans raison.

La sonnette retentit. Je traversai la pièce à la hâte et ouvris la porte.

Thierry paraissait vraiment content de me voir. Tandis que nous bavardions de tout et de rien, ma mère passa en portant l'une des boîtes qui n'étaient pas encore déballées. Je lui présentai Thierry. Elle posa la boîte et lui serra la main. Je vis à l'expression de son visage qu'elle était impressionnée par sa beauté.

Quelques instants plus tard, je sortis ma bicyclette du garage et la poussai jusqu'à côté de Thierry dans l'allée.

C'était une journée chaude et ensoleillée; le ciel était parsemé de quelques nuages floconneux. L'air était lourd et humide, presque comme en été.

— C'est un excellent vélo! s'exclama Thierry en passant sa main sur le cadre bleu et brillant. Vraiment excellent!

— Ça ne paraît pas qu'il est usagé, n'est-ce pas?

demandai-je. Il n'y a qu'une petite égratignure sur le côté. C'est tout.

Il admira la bicyclette durant encore un moment.

— Il a dix vitesses ?

— Non. Vingt et une.

— Excellent.

Il leva les yeux vers moi.

— Allons-y.

— Super, dis-je avec enthousiasme.

Je levai la jambe et enfourchai le vélo.

— Où allons-nous ?

Il plissa les yeux tandis qu'il se concentrait.

— Bien...

Le soleil disparut derrière l'un des nuages moutonnés. L'air se rafraîchit immédiatement.

Je fus parcourue d'un frisson lorsque Thierry plongea son regard dans le mien.

— Allons faire un tour aux chutes.

Chapitre 11

Je m'en voulus d'avoir été effrayée en entendant Thierry proposer d'aller aux chutes.

Je n'avais aucune raison de craindre Thierry. Je semblais vraiment lui plaire.

Une terrible tragédie s'était produite là-haut, aux chutes. Toutefois, ce n'était pas une raison d'avoir peur de Thierry.

Je me dis que Thierry essayait d'oublier Marie-Hélène, qu'il voulait en finir avec sa mort.

En retournant aux chutes avec moi, il se forçait à continuer à vivre. Il laissait Marie-Hélène derrière lui, laissait toute l'horreur derrière lui.

C'était là mon raisonnement. J'aurais voulu avoir le courage de demander à Thierry si je me trompais. Cependant, je n'avais pas l'impression de le connaître suffisamment pour aborder le sujet.

Il ne m'avait jamais parlé de Marie-Hélène.

Je ne croyais pas que c'était à moi d'en parler.

Il y avait peu de circulation dans les rues. Les gens tondaient leur pelouse, râtelaient, plantaient des fleurs et arrachaient des mauvaises herbes.

— Comment ça va ? me cria Thierry.

Il me devançait d'environ trois longueurs de voiture.

— Bien. J'aime ce vélo, répondis-je.

— C'est la maison d'Isaac, tu te souviens ? me dit Thierry qui désigna une maison carrée en bardeaux blancs devant laquelle se dressait une petite haie broussailleuse.

Juste au moment où Thierry pointait l'index, Isaac apparut dans l'allée de gravier.

— Hé ! s'écria-t-il en nous apercevant immédiatement. Où allez-vous ?

Thierry tourna, pédala dans l'allée et fit glisser ses pneus sur le gravier en appliquant les freins. Sa roue avant s'immobilisa à moins de deux centimètres d'Isaac qui, souriant, leva les deux mains au-dessus de sa tête en signe de capitulation.

J'avançai à côté de Thierry et posai les deux pieds au sol.

— Il fait chaud, hein ? dit Isaac en me souriant et en repoussant ses longs cheveux de son front.

L'anneau en or qu'il portait à l'oreille étincela au soleil.

— Tu as fait réparer ton vélo ? demanda Thierry.

— Bien sûr, répondit Isaac qui souriait toujours.

— Tu veux venir avec nous ? proposa Thierry.

Isaac acquiesça.

— Je vais chercher ma bicyclette, dit-il en s'essuyant les mains sur ses jeans. Les pneus sont mous, mais ça ira.

Il se dirigea vers l'arrière de la maison en donnant des coups de pied dans le gravier tout en marchant. Après avoir fait quelques pas, il se retourna.

— Où allons-nous ?

— Aux chutes, répondis-je.

Isaac resta bouche bée.

— Qu'est-ce que tu as dit ?

Il regardait Thierry.

— Aux chutes, répétai-je doucement, étonnée de la réaction d'Isaac.

Celui-ci continuait à dévisager Thierry.

— Vous en êtes certains ?

— Oui, nous en sommes certains, répondit Thierry avec brusquerie. Tu vas te décider avant le souper ou non ? Mon vélo est en train de rouiller à t'attendre.

— Hé ! ce que tu peux être de bonne humeur ! marmonna Isaac. Tu es sûr que tu veux que je vous accompagne ?

— Va chercher ton vélo, ordonna Thierry.

Isaac disparut derrière la maison.

Au bout d'un moment, il revint avec une vieille BMX délabrée dont la selle avait été élevée au maximum.

— En route pour les chutes ! s'écria-t-il en passant devant nous avant de s'engager dans la rue sans même ralentir pour vérifier s'il y avait des voitures.

— Il est vraiment cinglé, grommela Thierry en secouant la tête.

— C'est ton meilleur ami, dis-je d'un ton pince-sans-rire.

— Pourquoi ? demanda Thierry qui affichait une mine perplexe.

Nous avons suivi Isaac dans la rue en riant. En

ville, il y avait beaucoup de circulation. Des voitures étaient même stationnées en double file dans la rue Principale. La plupart des gens se rendaient à la pépinière et à la quincaillerie. C'était la ruée du printemps.

À l'extérieur de la ville, la route se mit à monter à travers la forêt. Thierry et moi roulions côte à côte derrière Isaac, qui zigzaguait dangereusement d'un côté à l'autre de la route sans tenir le guidon.

Puis, la route s'aplanit et je pus voir un gros camion rouge qui venait vers nous.

— Hé! traverse! cria Thierry à Isaac.

Celui-ci roulait sans tenir le guidon dans la voie de gauche.

Sans changer de voie, Isaac se tourna vers nous, un sourire diabolique sur son visage, les yeux brillants.

— Regardez bien ce que je vais faire à ce type! cria-t-il.

— Pas question! Traverse! hurla Thierry.

Le camion rouge — une énorme semi-remorque — paraissait de plus en plus gros à mesure qu'il approchait.

— Regardez bien! cria Isaac.

— Traverse! hurla Thierry.

Isaac demeura dans la voie de gauche en pédalant calmement, comme s'il avait parfaitement le droit de se trouver là.

— C'est stupide! cria Thierry.

Ses yeux étaient agrandis par la frayeur.

Le camion klaxonna.

— Traverse, idiot!

Le sourire aux lèvres, Isaac continuait à pédaler.

Le camion ne ralentissait pas. Il avançait en vrombissant. De plus en plus près.

— Isaac… je t'en prie !

Je fermai les yeux lorsque le bruit strident du klaxon se changea en une plainte assourdissante.

Chapitre 12

La terre sembla trembler.

Je sentis une puissante bouffée d'air chaud qui faillit me renverser.

Lorsque je rouvris les yeux, je vis Isaac assis sur sa bicyclette, les deux pieds dans la terre de l'autre côté de la route. Il nous sourit et leva les poings dans un geste triomphant en s'acclamant bruyamment.

Thierry jeta son vélo par terre et traversa la rue d'un pas furieux. J'entendis le camion s'éloigner en vrombissant. J'avais toujours l'impression que la terre tremblait.

Mon cœur battait à tout rompre dans ma poitrine. J'étais étourdie. À califourchon sur mon vélo, je fixai Isaac de l'autre côté de la route, comme s'il était une apparition.

— Tu aurais pu te faire tuer, mon vieux ! cria Thierry d'un ton furieux.

— Mais non, insista Isaac en souriant, les bras croisés sur sa poitrine. J'ai de bons réflexes.

— De bons réflexes ? Tu es fou ! dit Thierry.

Isaac se tourna vers moi.

— As-tu vu l'expression sur le visage du chauf-feur ?

— Non, je n'ai rien vu, avouai-je. J'ai fermé les yeux.

Mes jambes tremblaient. Ma bouche était sèche.

— J'ai cru que sa figure allait exploser ! dit Isaac en riant.

— C'était vraiment stupide, dit Thierry, renfrogné.

— Je n'ai pas été heurté, n'est-ce pas ? demanda Isaac. Si je l'avais été, *alors* ç'aurait été stupide. Mais j'ai de bons réflexes. Tu le sais, Thierry.

Celui-ci lança un regard furieux à Isaac. Il s'approcha de son ami et baissa le ton. Mais j'entendis tout de même ce qu'il dit.

— Tu veux seulement en mettre plein la vue à Annie.

— Hein ? Qui… moi ?

Isaac me regarda par-dessus l'épaule de Thierry.

— Pas du tout.

Thierry leva les mains en signe d'abandon.

— Alors, on continue ou non ?

— Oui. Bien sûr. Allons-y, répondit Isaac qui semblait blessé.

Thierry traversa rapidement la route, saisit sa bicyclette et monta dessus sans même me regarder. Je m'aperçus qu'il avait changé d'humeur.

— Il aurait pu y laisser sa peau cette fois, mar-monna Thierry.

Quelques minutes plus tard, nous avons quitté la route, bifurqué sur la piste cyclable et monté jusqu'en haut.

Les chutes étaient encore plus belles que dans mes souvenirs. L'eau étincelait comme de l'argent à la lumière du soleil.

— L'air est si frais, si pur ici, dis-je en fermant les yeux et en prenant une grande inspiration.

Nous avons laissé nos bicyclettes sur la piste cyclable. Je tournai le dos aux chutes pour regarder la forêt, qui était tellement plus brillante et verte que la semaine précédente.

J'espérais que le paysage magnifique allait aider Thierry à retrouver son entrain. Toutefois, lorsque je me tournai de nouveau vers les chutes, je fus stupéfaite de constater qu'il s'était avancé juste au bord de la falaise et qu'il regardait en bas, l'air triste.

C'était exactement l'endroit où il se trouvait lorsque je l'avais aperçu pour la première fois, constatai-je en sentant une vague de frayeur soudaine me submerger.

J'avais cru alors que Thierry s'apprêtait à sauter.

Je sentis mon visage s'enflammer en me souvenant de cela.

Tout à coup, je me rendis compte qu'Isaac se tenait à côté de moi. Il fixait Thierry, lui aussi.

— Je savais qu'on n'aurait pas dû venir ici, me dit Isaac à voix basse, les yeux toujours posés sur Thierry. Je savais qu'il n'était pas prêt à revenir ici.

— Il était parfaitement de bonne humeur tout à l'heure, dis-je.

— Maintenant, il ne l'est plus, rétorqua brusquement Isaac en secouant la tête. Nous n'aurions pas dû venir ici.

Il s'éloigna de moi et se dirigea vers Thierry en s'arrêtant à quelques mètres du bord de la falaise.

— Hé, Thierry?

Celui-ci ne se retourna pas. Il se tenait immobile et regardait droit en bas les eaux blanches et tumultueuses.

— Thierry, allons-nous-en, insista Isaac en tendant une main comme s'il avait l'intention d'attirer Thierry vers lui.

Aucune réaction.

— Thierry, allons-nous-en, d'accord?

J'avançai de quelques pas, soudain très inquiète à propos de Thierry.

À quoi pensait-il?

Que regardait-il?

Pourquoi ne répondait-il pas à Isaac?

Pourquoi ne s'éloignait-il pas du bord de la falaise?

J'avançai à côté d'Isaac, qui paraissait vraiment préoccupé. Je crois que c'était la première fois que je voyais Isaac si sérieux.

— Thierry? répéta-t-il. La Terre appelle Thierry.

— Juste une seconde, dit Thierry sans se retourner.

— Allez, vieux, supplia Isaac.

— Juste une seconde, répéta Thierry. C'est tout ce que ça prend. Une seconde. Une fraction de seconde. Et nous voilà mort. Parti pour toujours.

Isaac me jeta un coup d'œil furtif, les traits tendus. Puis, il saisit Thierry pas l'épaule et le tira.

— Hé! qu'est-ce qu'il y a? Lâche-moi! protesta Thierry.

— Tu nous fais peur, vieux, dit Isaac sans lâcher prise.

Il éloignait Thierry du bord de la falaise à deux mains.

— Ça va, insista Thierry.

— Je n'aime pas t'entendre parler comme ça, dit Isaac.

— Continuons notre randonnée, suggérai-je en essayant d'être enthousiaste.

— Oui, bonne idée, approuva Isaac.

Je me tournai vers la piste cyclable et poussai un cri.

— Hé !

Quelqu'un se trouvait là et touchait à mon vélo.

— Hé ! lâche ça !

Je me mis à courir.

L'intrus s'était emparé de ma bicyclette et en tripotait le guidon.

Je n'avais fait que quelques pas lorsque je vis de qui il s'agissait.

Fanny !

Chapitre 13

— Hé ! lâche mon vélo !

Mes chaussures de sport martelaient la terre et faisaient voler la poussière tandis que je courais vers Fanny. J'entendis Thierry et Isaac courir derrière moi.

— Hein ?

Fanny était debout et tenait ma bicyclette par le guidon en me dévisageant, bouche bée. Ses cheveux roux étaient ébouriffés et luisaient à la lumière vive du soleil.

Je m'arrêtai devant elle, haletante.

— Qu'est-ce que tu fais avec mon vélo ? demandai-je avec colère.

— Je le *regarde*, c'est tout, répondit-elle d'un ton rude. Il ressemble beaucoup à celui de ma cousine.

Je lui lançai un regard furieux en cherchant mon souffle.

— Je n'allais pas le voler, dit-elle en levant son nez retroussé.

— Qu'est-ce qui ne va pas ? demanda Isaac en accourant à côté de moi.

— Annie a cru que j'allais m'enfuir avec sa bicyclette, répondit Fanny en fronçant les sourcils. Je voulais seulement la regarder. Tiens.

Elle poussa le vélo vers moi.

Je le saisis par le cadre et la selle pour ne pas qu'il tombe.

— Fanny, je suis désolée… commençai-je.

— Je ne suis pas une voleuse, tu sais, déclara Fanny sèchement.

— Hé ! ce n'est pas ce qu'Annie a voulu dire, intervint Isaac.

— Tu te rappelles ? Quelqu'un a tailladé mes pneus la semaine dernière, dis-je à Fanny. C'est pourquoi j'ai pensé…

— Eh bien ! ce n'était pas moi ! m'interrompit Fanny.

Je me sentais vraiment mal à l'aise. Je m'étais précipitée vers Fanny comme si j'étais devenue folle en lui criant après et en l'accusant, alors qu'elle ne faisait que regarder le vélo.

— Je suis vraiment désolée, dis-je sincèrement. Vraiment. Je n'ai pas voulu…

— D'accord, d'accord, dit Fanny avec impatience.

Sa bicyclette se trouvait par terre à quelques mètres de nous sur la piste cyclable. Elle s'en empara et la fit rouler jusqu'aux grands rochers de granit.

Je l'imitai et Isaac me suivit.

— Où est Sabrina ? demanda Fanny en se protégeant les yeux du soleil d'une main tandis que ses yeux suivaient la courbe de la piste cyclable en pente.

— Est-elle venue avec toi ? demanda Isaac en suivant le regard de Fanny.

— La voilà, annonça Fanny.

J'aperçus Sabrina, debout tandis qu'elle pédalait en montant lentement la côte. Quelques secondes plus tard, elle descendit de son vélo et le poussa jusqu'à nous. Elle avait le visage rougi et était hors d'haleine. Ses cheveux noirs étaient mouillés et une large mèche collait à son front couvert de sueur.

— Ouf! Je ne suis pas tellement en forme, s'exclama-t-elle, à bout de souffle. Il *faut* que je perde du poids.

— Tu as une silhouette parfaite, dit Isaac avec gentillesse.

Il rit.

— Tu as seulement besoin d'un meilleur vélo. Le tien est trop lourd. Tu devrais en acheter un comme celui d'Annie.

— Mais ne touche surtout pas à la bicyclette d'Annie, l'avertit Fanny d'un ton sarcastique en me lançant un regard antipathique. Ça la met hors d'elle.

— Hein?

Sabrina me regarda, perplexe.

Je m'appuyai contre les rochers.

— J'ai commis une erreur, marmonnai-je. Je n'ai pas voulu…

— Est-ce que c'est un vélo neuf ou usagé? me demanda Fanny.

— Usagé, répondis-je.

— Il a l'air tout neuf.

— C'est une si belle journée, dit Sabrina en balayant ses cheveux de son front. J'ai proposé à Fanny de venir jusqu'ici. J'espérais que vous seriez toujours là.

— C'est plus frais ici, fit remarquer Fanny.

— On devrait continuer notre balade, suggéra Isaac.

— Hé ! où est Thierry ? demanda brusquement Fanny. N'était-il pas avec vous ?

Thierry.

J'étais si énervée à cause de Fanny et de mon vélo que j'avais complètement oublié Thierry !

— Il était avec toi, dis-je à Isaac.

— Non, répondit Isaac. Je ne crois pas.

Nous nous sommes tous tournés vers les chutes.

Il n'y avait personne.

L'eau tombait dans un grondement et un nuage de gouttelettes s'élevait au bord de la falaise.

— Thierry ! criai-je. Thierry, où es-tu ?

Aucune réponse.

Je me tournai vers la forêt. Aucune trace de lui.

Lorsque je me retournai, Isaac courait vers le bord de la falaise, l'air effrayé.

Sabrina et Fanny me dévisageaient.

— Où est-il ? demanda Fanny comme si c'était moi qui l'avais caché.

Une vague de terreur déferla en moi. J'avais du mal à respirer.

Je levai les yeux vers Isaac qui était debout au bord de la falaise, en haut des chutes.

À l'endroit exact où s'était trouvé Thierry.

Isaac regarda droit en bas, les traits déformés par l'affolement.

— A-t-il sauté ? cria-t-il. Est-ce que Thierry a sauté ?

Derrière moi, Fanny poussa un cri de terreur.

Chapitre 14

— Non! Non!

J'entendis une voix effrayée hurler.

Je mis un moment à m'apercevoir que c'était *la mienne!*

Isaac recula du bord de la falaise.

— Je ne vois rien en bas, cria-t-il en mettant ses mains en coupe autour de sa bouche pour couvrir le grondement des chutes.

— Regardez! cria Fanny.

Nous nous sommes retournés vers la piste cyclable.

Thierry était là. Sur son vélo. La poussière s'élevait de chaque côté de sa bicyclette tandis qu'il s'éloignait en pédalant frénétiquement.

Immobiles et silencieux, nous l'avons tous regardé partir et disparaître dans la forêt.

Il ne se retourna pas une seule fois.

Lorsqu'il fut hors de vue, je poussai un long soupir de soulagement et tombai à genoux sur le sol.

Au moins, Thierry n'avait pas sauté.

Je levai les yeux vers Fanny et Sabrina. Sabrina avait les larmes aux yeux. Ses épaules tremblaient.

— J'ai… j'ai eu si peur ! balbutia-t-elle.

Fanny posa une main sur l'épaule de Sabrina afin de la calmer.

— D'abord Marie-Hélène. Puis…

La voix de Sabrina traîna.

Isaac revint vers nous, les mains enfouies dans les poches de ses jeans, la tête baissée.

— Pourquoi a-t-il fait ça ? lui demandai-je. Pourquoi Thierry s'est-il enfui comme ça ?

Isaac haussa les épaules d'un air triste.

— J'ai vraiment cru qu'il avait sauté, dit Fanny d'une voix chevrotante.

— Croyez-vous qu'il nous en veut pour une raison ou pour une autre ? demanda Sabrina.

Elle était très pâle et paraissait bouleversée.

— Je *savais* que nous n'aurions pas dû venir ici, dit Isaac d'un ton animé. C'était trop tôt pour Thierry.

— Mais il est déjà venu ici, dis-je à Isaac. La semaine dernière. Je…

— Est-ce que c'était *ton* idée ? demanda Isaac d'une voix forte en me dévisageant durement.

J'eus le souffle coupé.

À cet instant, je compris qu'Isaac ne m'aimait pas. « *Il ne m'aime pas* », pensai-je en le fixant et en étudiant son expression furieuse.

— Non. Ce n'était pas mon idée, répliquai-je froidement en me détournant.

— De toute façon, ce n'était pas une bonne idée, insista Isaac. Tu n'es donc pas au courant de ce qu'a traversé Thierry ?

— Laisse-la tranquille, Isaac, dit Sabrina pour prendre ma défense. Annie connaît toute l'histoire.

— Partons d'ici, suggéra Fanny en se dirigeant vers sa bicyclette. Allons faire un tour ailleurs, d'accord? Cet endroit me donne la chair de poule. Je ne cesse d'imaginer Marie-Hélène se tenant là.

— Oui. Continuons notre randonnée, s'empressa d'approuver Sabrina.

— Je… je crois que je ferais mieux de rentrer chez moi, dis-je. J'ai tellement de travail en retard.

— Tu en es certaine? demanda Sabrina en saisissant son vélo. C'est une trop belle journée pour rester enfermée et faire des devoirs.

— Je sais, dis-je en soupirant. Mais je dois le faire.

— Ne sois pas inquiète à propos de Thierry, dit Sabrina tandis que je m'emparais de ma bicyclette. Il a des sautes d'humeur.

Elle gloussa.

— Je suppose que tu as remarqué.

Je leur dis au revoir et descendis la colline en pédalant énergiquement.

«Je *suis* inquiète à propos de Thierry», pensai-je tristement.

«Je suis *très* inquiète.»

«Nous avions rendez-vous cet après-midi. Pourquoi s'est-il enfui et m'a-t-il plantée là sans dire un mot?»

«Pourquoi?»

Cette nuit-là, je fis un terrible cauchemar.

Dans mon rêve, je me tenais au bord des chutes.

Il faisait froid et le ciel était d'un gris foncé. Tout était silencieux. On n'entendait pas un bruit. Pas une voix.

Quelqu'un d'autre se trouvait au bord de la falaise. Quelqu'un vêtu de noir.

Je fixai cette personne et écoutai le silence.

Bien qu'elle eût le dos tourné, je constatai que c'était Marie-Hélène.

Je l'appelai, mais aucun son ne sortit de ma bouche.

Elle se retourna lentement.

Je regardai fixement son visage et poussai un cri silencieux.

Elle n'avait plus de peau. Ses magnifiques cheveux blonds ondulés couvraient sa tête de squelette.

Des orbites vides me fixaient sans me voir.

Sa mâchoire s'abaissa et révéla une bouche aux dents blanches et parfaites.

Elle se détourna rapidement.

Le ciel s'assombrit. Des ombres roulèrent sur le sol dur et gris.

Je m'approchai de Marie-Hélène à pas de loup.

Plus près. Encore plus près.

Je savais ce que j'allais faire.

Je levai les mains.

Je m'apprêtais à la pousser en bas de la falaise.

Je fis un autre pas. Puis, un autre.

Soudain, je recouvrai la voix.

— Je suis la nouvelle petite amie de Thierry, dis-je en me préparant à pousser Marie-Hélène.

Je prononçai ces mots d'un ton monocorde, sans la moindre émotion.

Je tendis les bras et la poussai.

Mais au moment où mes mains touchèrent son dos, nous avons soudain changé de place.

Horrifiée, je me rendis compte que c'était moi qui étais vêtue de noir.

Était-ce Marie-Hélène qui se trouvait derrière moi maintenant?

Ou était-ce Thierry?

J'étais incapable de me retourner. Je ne pouvais que regarder en bas.

Je savais que j'allais bientôt mourir.

Silencieusement. Très silencieusement.

La sonnerie du téléphone sur ma table de chevet me réveilla.

Je me redressai, stupéfaite, tout à fait éveillée.

Le rêve s'évanouit lentement. Les ombres grises subsistèrent un moment.

Je clignai des yeux. Une fois. Deux fois.

Le téléphone continuait à sonner.

Je tendis la main pour répondre, puis hésitai.

Cette crainte que je ressentais… était-ce à cause du rêve? Ou de la sonnerie du téléphone?

Est-ce que je devais répondre?

À contrecœur, je portai le récepteur à mon oreille.

— C'est moi, dit une voix dans un murmure.

Chapitre 15

Je retins mon souffle et fermai les yeux.

— Annie? chuchota la voix. C'est toi?

J'avalai ma salive avec difficulté.

— C'est moi. Thierry, souffla la voix.

— Hein? m'écriai-je. Thierry?

— Qui croyais-tu que c'était? demanda-t-il en murmurant toujours.

— Quelle heure est-il? demandai-je en plissant les yeux dans l'obscurité pour mieux voir mon réveil. Thierry, il est presque deux heures du matin.

— Désolé.

— Pourquoi chuchotes-tu comme ça? demandai-je tandis que mon cœur retrouvait son rythme normal.

— Je ne veux pas que mes parents entendent, répondit-il. Ils confisqueront mon téléphone s'ils m'entendent téléphoner si tard.

— Tu m'as fait peur, avouai-je. J'ai cru… j'ai cru que c'était quelqu'un d'autre.

— Je t'appelle seulement pour m'excuser, dit Thierry. À propos de cet après-midi.

— D'accord. Vas-y, dis-je. Excuse-toi.

— Je m'excuse, dit-il d'un ton sincère.

Je gloussai.

— J'accepte tes excuses, dis-je. Tu aurais pu téléphoner plus tôt, tu sais.

— Je voulais le faire, mais je devais aller quelque part avec mon père. Écoute, Annie, je n'aurais pas dû me sauver comme ça. Mais... bien... c'est difficile à expliquer.

— Ça va, dis-je en constatant à quel point c'était pénible pour lui.

J'étais tellement soulagée qu'il ne soit pas furieux contre moi, qu'il n'ait rien à me reprocher.

— Je n'aurais pas dû proposer d'aller là-haut, poursuivit-il. C'était trop tôt. Tu n'es probablement pas au courant à propos de Marie-Hélène...

— Oui. Je suis au courant, l'interrompis-je.

Il demeura silencieux durant un long moment.

— Oui. Je suppose que tout le monde en parle, dit-il enfin avec un peu d'amertume.

— Sabrina m'a raconté... au sujet de Marie-Hélène, dis-je doucement.

— Tu veux qu'on sorte demain ? demanda Thierry qui changea brusquement de sujet. Nous pourrions aller au cinéma, par exemple.

— Ça m'aurait plu, répondis-je.

— Je ne m'enfuirai pas. Promis ! ajouta-t-il rapidement.

— Il faut que je continue mon travail de recherche, dis-je. Je ne le terminerai jamais à ce rythme.

— Oh ! Je vois.

Il parut très déçu.

— Navrée, dis-je, puis je bâillai bruyamment.

— Je crois que je ferais mieux de raccrocher, murmura-t-il.

— Je suis contente que tu aies téléphoné, dis-je avec sincérité.

Après avoir raccroché, je posai ma tête sur l'oreiller et remontai la couverture.

Lorsque je fermai les yeux, les images de mon rêve défilèrent dans mon esprit, comme si elles m'attendaient.

«Non, dis-je en ouvrant tout grands les yeux. Non. Je ne veux pas penser à Marie-Hélène maintenant.»

— Thierry n'a pas poussé Marie-Hélène, chuchotai-je en fixant le plafond sombre. Thierry ne l'a pas poussée. Je *sais* qu'il ne l'a pas fait!

Le lendemain après-midi, je venais de descendre pour travailler lorsqu'on sonna à la porte. Des feuilles et des livres étaient éparpillés partout sur la table de la salle à manger. Étant seule à la maison, je me précipitai pour ouvrir la porte.

— Sabrina! m'écriai-je, surprise.

Elle me sourit. Elle portait un chandail bleu et un short blanc. Ses cheveux étaient noués lâchement derrière sa tête.

— Il faut vraiment que je travaille, lui dis-je en tenant la porte grillagée ouverte. Je n'ai pas le temps de…

— Je sais, dit-elle en entrant dans le vestibule. Je t'ai apporté des livres pour ta recherche.

Elle baissa l'épaule pour me montrer son sac à dos bourré.

— Hé! merci, m'exclamai-je, sincèrement reconnaissante. C'est vraiment gentil de ta part. La bibliothèque est fermée le dimanche, alors...

— Je crois que ce sont tous des ouvrages qui pourront t'être utiles, dit-elle en gémissant tandis qu'elle retirait son sac à dos.

Je la guidai vers la salle à manger et elle vida son sac sur la table.

— Je ne resterai qu'une minute, dit-elle en tirant une chaise et en s'assoyant. As-tu parlé à Thierry?

Je lui fis part de son coup de téléphone d'excuse au beau milieu de la nuit.

— Bizarre, dit-elle. Pauvre garçon! ajouta-t-elle ensuite en tortillant ses cheveux.

Son expression devint furieuse.

— J'en ai plus qu'assez de son copain Isaac.

— Hein? Qu'est-ce que tu veux dire? demandai-je en jetant un coup d'œil aux titres des livres qu'elle m'avait apportés.

— Il est tout simplement insupportable, geignit Sabrina qui fronça les sourcils. Il n'arrête pas de faire l'imbécile. Il ne peut jamais être sérieux. Nous sommes allés au cinéma hier soir et il a fait des remarques idiotes durant tout le film. Les gens autour de nous étaient vraiment en colère.

J'écoutais Sabrina d'une oreille distraite. Je voulais absolument continuer à travailler.

— Ses parents lui ont prêté la voiture hier soir, continua Sabrina en poussant un soupir de mécontentement. Ils ne l'avaient pas laissé conduire depuis des semaines. Alors, que s'est-il passé ? Nous sommes tombés dans un fossé et avons dû appeler la dépanneuse. *Arrrh !*

Elle poussa un cri de frustration en frappant la table de ses poings.

— Isaac est vraiment cinglé, dis-je en m'efforçant d'adopter un ton sympathique.

— Il va y avoir du changement, déclara Sabrina en rivant ses yeux aux miens.

J'eus l'impression que c'est à ce moment précis qu'elle prit sa décision.

— Je vais rompre avec lui. Je ne sais pas pourquoi je l'ai enduré si longtemps.

Elle se leva et saisit son sac à dos vide. Elle se dirigea vers la porte, puis s'arrêta.

— N'en parle pas, Annie. À Isaac, je veux dire. Ni à qui que ce soit.

— D'accord, dis-je.

— Au cas où je manquerais de courage et changerais d'idée, ajouta Sabrina.

Je suppose que j'aurais dû dire quelque chose de gentil à propos d'Isaac. C'était peut-être ce que Sabrina souhaitait. Elle comptait peut-être sur moi pour défendre Isaac et la faire changer d'avis.

Cependant, je me souvenais de l'explosion de colère d'Isaac, de la façon dont il avait crié après moi aux chutes. Je me rappelais l'expression haineuse sur son visage quand il m'avait regardée.

Je suppose que je n'aimais pas Isaac non plus.

Alors, je ne le défendis pas.

Sabrina partit, déterminée à rompre avec lui. Avant même que la porte grillagée ne fût refermée, j'étais déjà plongée dans mes livres.

Je travaillai durant environ deux heures, mais mon esprit vagabondait. L'horrible cauchemar que j'avais fait ne voulait pas s'effacer. Il envahissait sans cesse mes pensées. Je me surpris également à songer à Thierry.

Puis, je laissai mes pensées vaguer vers Marie-Hélène. Je me demandai comment elle était, à quoi ressemblait sa voix, son rire.

Je levai les yeux vers l'horloge. Il était un peu plus de seize heures et je n'avais pas avancé beaucoup dans ma recherche.

Je me levai et m'étirai.

Je n'en pouvais plus d'être assise. Il fallait que je sorte, que je fasse un peu d'exercice. J'avais besoin de me remettre les idées en place.

J'enfilai un chemisier par-dessus mon t-shirt et me précipitai à l'extérieur pour aller chercher ma bicyclette dans le garage. C'était une journée grise et nuageuse. Le ciel était chargé de gros nuages sombres et menaçants. Je pouvais entendre le grondement du tonnerre au loin.

En sortant de la cour, je me levai sur les pédales pour gagner de la vitesse.

Je voulais rouler plus vite que mes pensées. Je voulais oublier mon affreux cauchemar et le visage souriant de Marie-Hélène...

Vite. Encore plus vite.

Mon cœur battait à tout rompre. Je sentais le sang battre dans mes tempes.

Des gouttes de pluie froide se mirent à tomber. Le ciel s'assombrit encore davantage.

Je passai devant la polyvalente, puis montai sur un trottoir qui en faisait le tour. Je me retrouvai dans le stationnement sombre et désert.

J'empruntai ensuite un sentier qui menait dans le bois derrière l'école.

Je n'avais pas encore eu l'occasion d'explorer cette forêt.

Les grands arbres et leurs feuilles tout récemment déployées bloquaient la faible lueur du jour. Je fus soudain effrayée en constatant qu'il y faisait aussi noir qu'en pleine nuit.

Toutefois, je ne pouvais pas arrêter de rouler. Je n'étais pas prête à rebrousser chemin. C'était si bon de foncer à toute allure dans le froid, à l'ombre des arbres.

Au début, les seuls bruits perceptibles étaient le bruissement des arbres, le grondement lointain du tonnerre et le bruit des pneus de mon vélo sur le sentier de terre sinueux.

Mais j'entendis soudain un autre bruit.

Derrière moi.

Tout près, derrière moi.

Je me retournai et aperçus quelqu'un qui courait sur le sentier.

Quelqu'un courait après moi.

Je fus prise de panique.

Mon poursuivant gagnait du terrain en courant à toutes jambes ; ses souliers martelaient bruyamment le sol.

— Ohhh !

Je poussai un cri lorsque mon pneu avant heurta quelque chose sur le sentier. Probablement une roche.

Je n'eus pas le temps de voir ce que c'était.

Je perdis la maîtrise de ma bicyclette et atterris brutalement sur le côté. La douleur se répandit dans tout mon corps.

Le vélo était retombé sur moi et la roue avant tournait rapidement.

« *Il m'a eue* », pensai-je.

Chapitre 16

Le cœur battant, je tentai frénétiquement de repousser la bicyclette tombée sur moi.

J'entendis les pas de mon poursuivant s'arrêter.

Je levai les yeux.

— Frédéric! m'écriai-je.

Haletant, il se pencha, saisit le guidon et souleva le vélo.

Il l'appuya contre un arbre, puis essuya la sueur qui couvrait son front sur la manche de son chandail molletonné noir.

— Frédéric… qu'est-ce que tu fais ici? demandai-je d'une voix aiguë que je reconnus à peine.

Il me prit le bras et m'aida à me relever.

— Est-ce que ça va? demanda-t-il en ne tenant pas compte de ma question. Es-tu blessée?

— Non, je ne crois pas, répondis-je d'une voix tremblante.

Je tentai d'enlever la boue sur mon jean.

Il se mit à pleuvoir.

— Pourquoi t'es-tu enfuie? demanda Frédéric qui me fixait derrière ses lunettes, l'air perplexe.

— Je… je ne sais pas, avouai-je, embarrassée. Je me croyais seule, expliquai-je. Quand j'ai vu quel-qu'un courir après moi…

— Tu ne m'as donc pas entendu crier ton nom? demanda-t-il.

Je sentais maintenant la pluie sur mes épaules.

— Nous allons être trempés, dis-je.

Je m'emparai de ma bicyclette et l'examinai. Elle semblait intacte.

— Alors, qu'est-ce que tu fais ici?

Je poussai mon vélo dans la direction de l'école. Frédéric marchait à mes côtés.

— Marie-Hélène et moi venions très souvent nous promener ici, me dit-il en levant les yeux vers les arbres.

J'attendis qu'il poursuive; toutefois, il demeura silencieux.

La pluie était froide, mais douce. Mes cheveux étaient mouillés, mais c'était rafraîchissant. Puri-fiant, en quelque sorte.

— Marie-Hélène était tellement une bonne amie, continua Frédéric en rompant le silence.

Il avait l'air songeur. Ses épaules étroites étaient voûtées sous son chandail tandis qu'il marchait à mes côtés en traînant les pieds, les mains enfouies dans les poches de son jean. Il évita mon regard.

— Nous parlions de n'importe quoi ensemble, continua-t-il. Elle me racontait des choses qu'elle n'aurait *jamais* dites à Thierry.

Un sourire étrange se dessina sur les lèvres de Frédéric. Il regardait droit devant lui.

Je me demandai si ce qu'il disait était vrai.

Pourquoi me disait-il cela maintenant?

Je le connaissais à peine. Je ne lui avais parlé qu'une fois. Pourquoi se confiait-il à moi?

Il semblait terriblement seul, constatai-je.

— Elle était ma meilleure amie, dit-il doucement.

Il s'arrêta brusquement. Il me saisit l'épaule en m'obligeant à m'immobiliser. Je faillis laisser tomber ma bicyclette.

Frédéric plongea son regard dans le mien.

— Je veux que tu sois aussi mon amie, déclara-t-il, ému.

— B-bien… bégayai-je.

Il me serrait le bras si fort que ça me faisait mal.

— Frédéric, je…

En me serrant toujours l'épaule, il approcha son visage du mien et essaya de m'embrasser.

J'étais stupéfaite!

J'eus le souffle coupé.

Ses lèvres étaient chaudes et sèches contre les miennes. Il m'embrassait trop fort, trop désespérément.

Il me faisait vraiment mal.

Je parvins à le repousser.

— Frédéric… arrête!

Il parut étonné durant un instant, puis blessé.

J'étais terriblement troublée. Et effrayée.

Il était si violent. Si pressant.

Je sautai sur ma bicyclette et me mis à pédaler.

— Salut, criai-je sans me retourner.

— Tu le regretteras si tu sors avec Thierry!

entendis-je Frédéric crier. Tu le regretteras !

Je me retournai pour m'assurer qu'il ne me poursuivait pas.

Le tonnerre gronda.

— Pauvre Marie-Hélène ! cria Frédéric. Elle l'a regretté. J'avais essayé de la mettre en garde !

J'étais maintenant trop loin pour comprendre ce qu'il disait. Je pédalai plus vite, trempée jusqu'aux os.

— Frédéric est fou, dis-je tandis que sa voix résonnait encore dans mes oreilles. Frédéric est vraiment fou.

Le lundi suivant, après l'école, je me dirigeai vers le local d'informatique. C'était là que j'allais passer la majeure partie de mon temps durant le reste de la semaine. J'étais déterminée à taper toutes mes notes afin de pouvoir commencer à rédiger mon travail.

« Si seulement j'avais mon propre ordinateur à la maison », pensai-je.

Mon anniversaire était dans une semaine. Cependant, je savais que mes parents, avec toutes les dépenses occasionnées par le déménagement, ne pourraient pas m'en offrir un.

Tandis que je me hâtais vers le local, j'aperçus Fanny qui marchait rapidement dans l'autre direction, les cheveux ébouriffés et l'air songeur.

— Hé ! Fanny ! criai-je lorsqu'elle passa.

Toutefois, elle ne parut pas m'entendre. Elle continua son chemin.

«Qu'est-ce qui lui prend?» me demandai-je.

Durant un bref instant, je la soupçonnai d'avoir fait semblant de ne pas me voir. Mais je me dis que ça ne pouvait pas être vrai.

— Hé! Annie, attends! cria une voix familière.

Je vis Sabrina qui me faisait signe.

— Salut, Sabrina. Comment ça va? demandai-je.

Elle avait noué ses cheveux très haut sur sa tête. Elle portait un chandail blanc, une minijupe bleu marine et des collants bleu pâle.

— Écoute, les meneuses de claque ont organisé une vente de gâteaux au gymnase, dit-elle, hors d'haleine, tout en fixant la pile de livres que je tenais dans mes bras. Fanny et moi allons nous rejoindre là-bas. Tu nous accompagnes?

— J'aimerais bien, dis-je en soupirant. Mais je ne peux pas, Sabrina. Il faut que je continue ma recherche.

Sabrina fit la grimace.

— Je suis tellement en retard, insistai-je. Surtout depuis qu'on a tout effacé sur ma disquette.

— Tu pourrais taper ces notes très vite et venir nous rejoindre au gymnase.

— Non. Pas question, répondis-je.

— D'accord. Je te téléphonerai tout à l'heure, dit-elle en me faisant un petit signe de la main.

Je me dirigeai vers le local d'informatique d'un pas nonchalant.

Mademoiselle Grondin, le professeur d'informatique, était assise à son bureau et feuilletait un épais catalogue de logiciels. Elle leva les yeux lorsque j'entrai, sourit et retourna à sa lecture.

Deux autres élèves que je ne connaissais pas travaillaient aussi.

Je posai ma pile de livres à côté de l'ordinateur que j'utilisais toujours. C'était un vieux modèle, mais j'aimais son clavier. Personne d'autre ne semblait aimer cet ordinateur, car il était toujours libre.

Je repérai ma disquette dans le boîtier et l'insérai dans l'ordinateur.

J'allumai l'appareil qui se mit à bourdonner.

Je posai mes doigts sur les touches pour taper la commande de remise à zéro.

Je ressentis d'abord une secousse douloureuse tandis que mes doigts appuyaient sur les touches.

Une lumière brillante — pareil à un éclair — traversa mes mains avec un crépitement bruyant.

J'entendis un bourdonnement.

Puis, je ressentis un autre choc.

Le courant crépitait au bout de mes doigts. Il parcourait tout mon corps.

Haletante, je tentai de retirer mes mains.

Mais le courant d'un blanc bleuté me tenait prisonnière.

J'essayai en vain d'appeler à l'aide.

Le crépitement s'intensifia.

La lumière blanche devint plus vive. Encore plus vive.

La douleur était si intense !

Puis, tout devint noir.

Chapitre 17

J'ouvris les yeux.

Le visage inquiet de mademoiselle Grondin m'apparut distinctement.

Tout semblait si brillant, si clair, comme si le courant blanc avait donné un nouvel éclat à ce qui m'entourait.

— Elle ouvre les yeux, dit mademoiselle Grondin à quelqu'un d'autre dans la pièce.

Je constatai que j'étais sur le plancher, étendue sur le dos.

Tout paraissait vibrer. Frémir. Bourdonner.

— Mademoiselle Grondin?

— Elle parle, dit la professeure.

J'entendis des pas, des murmures, des voix étouffées.

Mademoiselle Grondin se pencha au-dessus de moi. Son visage ne se trouvait qu'à quelques centimètres du mien.

— Annie, tu m'entends? demanda-t-elle d'un ton anxieux.

— Oui.

— Est-ce que tu me vois ? demanda mademoiselle Grondin.

— Oui, répondis-je.

Je tentai de me redresser. Mais je me sentais étourdie et me recouchai.

Pourquoi est-ce que tout vibrait comme ça ?

Je tournai la tête et vis plusieurs élèves et quelques professeurs rassemblés près du mur.

— Qu'est-ce qui s'est passé ? demandai-je.

— Tu as reçu une décharge, répondit mademoiselle Grondin.

— Hein ?

Je me sentais un peu plus forte. Je m'assis.

Les lumières étaient redevenues normales. Le crépitement s'arrêta.

— Tu as reçu une décharge en touchant l'ordinateur.

Elle désigna l'appareil qui avait été débranché.

— Ces ordinateurs ne sont pas supposés faire ça, fit remarquer mademoiselle Grondin. Le courant a jailli du clavier.

Je me mis debout. Je me sentais bizarre. Pas faible ni chancelante.

Je me sentais *folle*. *Déchaînée*.

J'avais envie de courir dix kilomètres. Ou d'enfoncer mon poing dans le mur.

C'était probablement à cause de la décharge.

— As-tu touché à la prise ? demanda mademoiselle Grondin qui se mordit la lèvre inférieure.

— Non, répondis-je. Seulement au clavier.

— Je ne comprends pas ce qui s'est passé,

dit-elle en me dévisageant avec une vive attention.

« *Moi, si* », pensai-je.

« *Je comprends très bien.* »

La colère explosa en moi telle une décharge.

Je vis la lumière blanche de nouveau.

La fureur se répandit en moi comme un courant puissant.

Fanny !

Fanny avait touché à l'ordinateur.

Voilà pourquoi elle courait dans le couloir avec cette expression pensive sur son visage.

Voilà pourquoi elle était passée devant moi sans me voir, sans s'arrêter.

Elle avait trafiqué le clavier.

Elle suivait des cours d'électrotechnique tous les samedis. C'est là qu'elle avait appris comment faire.

Et maintenant, elle avait tenté de me tuer avec une décharge.

Elle avait essayé de m'éliminer pour m'éloigner de Thierry.

Elle avait trafiqué le clavier. Pour me tuer.

Me tuer. Me tuer. Me tuer.

— Annie… reviens ! cria mademoiselle Grondin.

Je ne m'étais pas rendu compte que je courais avant d'atteindre le corridor. Mais je poursuivis ma course. Je ne pouvais pas m'arrêter.

J'étais incapable de maîtriser ma fureur.

J'entendis l'horrible crépitement encore une fois. Je vis de nouveau la sinistre lumière bleutée.

« *C'est Fanny qui a fait ça* », me dis-je.

Ma colère me guidait. Lorsque je fis irruption

dans le gymnase bondé, je ne savais pas très bien où je me trouvais. Je distinguai bientôt des visages. Des visages souriants. J'aperçus des meneuses de claque vêtues de leur uniforme. Je vis des élèves qui se tenaient près des tables sur lesquelles étaient posés les gâteaux.

« Je suis là, me dis-je. Ma colère, ma rage m'a menée jusqu'ici. »

Pour y faire quoi ?

Puis j'aperçus Sabrina et Fanny appuyées contre le mur. À côté de Fanny se tenait Thierry.

Elle avait posé une main sur l'épaule de Thierry.

Ils riaient.

Leurs rires, sa main sur son épaule, ses cheveux roux ébouriffés… c'en fut trop.

En poussant un hurlement furieux, je traversai le gymnase. Sans tenir compte des cris stupéfaits autour de moi, je me ruai sur Fanny.

Ses yeux firent saillie lorsque j'entourai son cou de mes mains.

Je m'étais jetée sur elle avec tant de force que nous avons croulé toutes les deux au sol.

J'entendis des cris. De grands cris. Des voix alarmées.

Rouge. Je ne voyais que du rouge.

Puis je sentis des mains puissantes me saisir par les épaules et me faire lâcher prise.

Pendant qu'on me retenait, Fanny se releva tant bien que mal.

Elle avait le visage rouge, aussi rouge que ma colère, et ses yeux étaient remplis de larmes.

Je me retournai pour voir qui me tenait. C'était Sabrina.

— Calme-toi ! me criait-elle dans l'oreille. Calme-toi, Annie !

Fanny se tenait devant moi, le dos voûté, les mains posées sur ses genoux, et haletait bruyamment.

Je réussis à me libérer d'une secousse.

Fanny se redressa avec méfiance et me lança un regard furieux.

— Tu as essayé de me tuer ! lui criai-je.

L'étonnement se lut sur son visage, mais elle ne répliqua pas.

— Mais tu ne me fais pas peur ! hurlai-je. Tu m'entends ?

— Annie, qu'est-ce que tu as ? demanda brusquement Fanny qui se frotta le cou d'une main. Qu'est-ce que tu as donc ?

— Tu sais de quoi je parle, dis-je en serrant les dents et en baissant le ton tandis que deux professeurs se dirigeaient vers nous.

— Non, je ne le sais pas. Je ne le sais pas ! insista Fanny. Tu es cinglée, Annie. Tu es vraiment cinglée !

J'ouvris la bouche pour dire quelque chose, mais aucun son ne sortit. Furieuse et désespérée, je me tournai vers Thierry. Il était debout et me dévisageait, les poings serrés de chaque côté de lui.

— Eh bien ! dis quelque chose ! lui criai-je. N'importe quoi !

Son visage devint écarlate. Il me regarda fixement, impassible.

— Annie, je ne comprends pas ce qui se passe, dit-il.

Les professeurs approchaient pour voir quelle était la cause de tout ce chahut.

— Thierry… commençai-je.

Mais je ne savais pas non plus quoi dire.

Ma colère, constatai-je, s'était apaisée. Comme si on m'avait débranchée.

Maintenant que tout le monde me regardait et parlait de moi, je me sentais mal à l'aise. Humiliée.

— Tu es cinglée, Annie, répéta Fanny. Je le pense vraiment. Tu es vraiment cinglée.

Vaincue, je poussai un grognement, me retournai et me mis à courir.

Je bousculai un groupe d'élèves ébahis et poursuivis ma course.

Je poussai les portes du gymnase et entendis Sabrina m'appeler. Mais je ne me retournai pas.

Je montai l'escalier en trébuchant et en cherchant mon souffle. Puis, j'empruntai le corridor où se trouvait mon casier. Quelques lumières étaient éteintes. Le corridor ressemblait à un long tunnel désert.

Je m'immobilisai brusquement lorsqu'une silhouette surgit de l'obscurité.

Elle marchait vers moi en silence. Quand je distinguai son visage, j'étouffai un cri d'horreur.

C'était Marie-Hélène.

Chapitre 18

Debout au milieu du corridor, je la fixai, les yeux exorbités et la bouche grande ouverte.

Elle s'arrêta aussi. La lumière se reflétait dans ses cheveux blonds. Elle était très pâle, plus pâle que sur la photographie.

Pâle comme un fantôme.

Elle portait un chandail vert foncé et un short ocre. La courroie de son sac à dos bleu était passée sur son épaule.

« Marie-Hélène, qu'est-ce que tu fais ici ? pensai-je. *Tu es morte. »*

Je m'aperçus soudain que j'avais oublié de respirer. J'expirai bruyamment.

— Est-ce que ça va ? me demanda-t-elle.

Son front pâle se plissa, révélant son inquiétude.

— Je… je ne sais pas, bredouillai-je.

Je ne pouvais détacher mon regard de son visage. Je n'avais jamais vu de fantôme auparavant.

Je reculai d'un pas, soudain effrayée.

— Il fait si noir dans ce couloir quand presque toutes les lumières sont éteintes, dit-elle d'une voix douce. Ne les laisse-t-on pas allumées, d'habitude ?

Je ne lui répondis pas. Je me contentai de la regarder fixement, incrédule.

Marie-Hélène était de retour.

Mais comment ?

— Je m'appelle Audrey Laberge, dit-elle. Tu es nouvelle ici, n'est-ce pas ?

— Hein ?

J'étais interloquée.

— Comment as-tu dit que tu t'appelais ? parvins-je à prononcer.

— Audrey.

Elle inspira brusquement et son regard s'éteint.

— Je ne suis pas Marie-Hélène, dit-elle doucement, si doucement que je l'entendis à peine.

Elle fit quelques pas vers moi. Ses yeux bleu pâle se remplirent soudain de larmes.

— C'est ce que tu as pensé ? Tu m'as prise pour ma sœur ?

— On ne m'a jamais dit qu'elle avait une sœur, marmonnai-je, encore secouée.

— Quoi ?

Elle ne m'avait pas entendue. Elle me regarda d'un air soucieux.

— Écoute, est-ce que ça va ?

— Je suis navrée, Audrey, dis-je en secouant la tête comme pour me remettre les idées en place. J'ai eu une de ces journées.

— Et moi donc ! dit-elle en roulant les yeux. J'ai dû rester après les cours pour reprendre un examen de physique.

— Je m'appelle Annie Corbin, dis-je en commençant à retrouver mes esprits. Je viens de déménager à Clairmont et…

— Tu es la nouvelle petite amie de Thierry, dit-elle avec un sourire étrange.

— Je ne sais pas, lui dis-je. Nous ne sommes pas sortis ensemble très souvent. Je…

— Tu viens boire un cola ? me demanda-t-elle en se dirigeant vers la porte. Les examens de physique me donnent soif. Et ce corridor obscur me donne la chair de poule. On dirait un tombeau.

Elle rougit en songeant probablement à Marie-Hélène.

— Oui. Bonne idée ! dis-je en la suivant. Je ne demande pas mieux que de sortir d'ici.

Fanny apparut dans mes pensées.

M'étais-je couverte de ridicule dans le gymnase ? Ou Fanny avait-elle vraiment tenté de m'électrocuter ?

Je m'efforçai de ne pas penser à ça tandis que je suivais Audrey à l'extérieur. C'était un bel après-midi ensoleillé. Nous nous sommes rendues dans un casse-croûte à quelques pâtés de maisons de l'école et nous sommes installées à l'une des tables du fond.

— Je tiens vraiment à m'excuser de t'avoir dévisagée comme ça, dis-je après avoir commandé un cola et des frites. Tu as dû me prendre pour une folle !

— Oui, c'est vrai, dit Audrey en souriant.

Ses yeux se plissèrent quand elle sourit et une fossette apparut dans sa joue droite.

Je me demandai si Marie-Hélène en avait une aussi.

— Je crois que je fais peur à bien des élèves, dit-elle doucement en baissant les yeux. Je ressemble tellement à Marie-Hélène. J'étais son aînée d'un an et demi. Mais les gens nous prenaient toujours l'une pour l'autre. Je suppose que tu es au courant de ce qui est arrivé à Marie-Hélène.

— Oui. En partie, dis-je, mal à l'aise. Sabrina m'a raconté. Je suis désolée. Vraiment.

— J'ai beaucoup de peine pour Thierry, et pour Fanny aussi, dit Audrey.

La serveuse nous apporta nos boissons gazeuses et Audrey en prit une longue gorgée.

— Fanny? répétai-je, étonnée.

— Oui. Ils étaient allés faire de la bicyclette tous les trois ce jour-là, le jour où Marie-Hélène… est morte.

Elle but une autre longue gorgée et vida presque son verre.

— Je ne savais pas que Fanny était avec eux, dis-je, incapable de dissimuler ma stupéfaction. Sabrina ne m'a jamais dit que…

— Elle protégeait probablement Fanny, m'interrompit Audrey. Elles sont amies depuis leur enfance.

— Je ne voudrais pas être indiscrète, dis-je en tournant mon verre dans mes mains. Tu n'es pas obligée de répondre si tu ne veux pas. Mais…

J'inspirai profondément.

— … est-ce que tu crois que Thierry ou Fanny…

Je fus incapable de terminer ma question.

C'était trop horrible.

— Est-ce que je crois qu'ils ont quelque chose à voir avec la mort de ma sœur ? continua-t-elle à ma place.

Elle ferma les yeux, puis secoua la tête.

— Non. Peut-être. Non. Je ne sais plus quoi penser ! déclara-t-elle d'un ton ému. J'ai passé tant de nuits blanches à songer à tout ça.

La serveuse apporta nos frites.

— Thierry et Marie-Hélène se querellaient sans arrêt, me confia Audrey. Sans arrêt. Ils passaient leur temps à rompre et à se réconcilier. Cependant, je ne crois vraiment pas que Thierry l'aurait tuée à cause d'une de leurs chicanes stupides.

— Et Fanny ? demandai-je.

— Je crois que Fanny était jalouse de Marie-Hélène. Je ne sais pas. Je ne la connais pas très bien. Je pense qu'elle aime Thierry. Beaucoup. Mais tout de même, Annie, on ne tue pas quelqu'un pour une raison si futile !

Nous avons continué à discuter durant quelques minutes. Audrey me plaisait bien. Elle semblait être une fille gentille et réfléchie.

Lorsque nous nous sommes dit au revoir à la porte du casse-croûte, je lui ai fait un petit signe de la main. Puis, je l'ai regardée s'éloigner. Elle était si légère qu'elle parut se dissiper, tel un fantôme pâle, dans l'après-midi frais et clair.

La sonnerie du téléphone me réveilla au milieu de la nuit.

À moitié endormie, je portai le récepteur à mon oreille.

De nouveau, une voix effrayante et âpre murmura dans mon oreille.

— *Thierry va te tuer aussi si tu ne t'éloignes pas de lui. Thierry va te tuer aussi.*

Puis on raccrocha.

J'étais maintenant tout à fait éveillée.

Je replaçai le récepteur, mais le téléphone sonna aussitôt.

Ma main tremblante hésita au-dessus du récepteur.

Devais-je répondre ?

Chapitre 19

Je décrochai finalement le téléphone.

— Allô?

— Salut, Annie. C'est moi.

— Sabrina?

Je regardai mon réveil. Il était presque une heure du matin.

— Est-ce que je t'ai réveillée?

— Il est très tard, dis-je en m'assoyant sur le bord du lit.

Je tendis la main pour caresser Achille couché sur mon oreiller, mais il sauta à bas du lit.

— Je m'excuse, dit Sabrina, mais je suis si bouleversée. Je n'arrête pas de penser à ce qui s'est passé entre Fanny et toi au gymnase.

— Et alors? marmonnai-je en revoyant tout la scène.

— Fanny était terriblement secouée, poursuivit Sabrina. Je ne l'ai jamais vue comme ça.

— Pauvre Fanny! dis-je d'un ton sarcastique.

— Tu devrais vraiment lui présenter tes excuses, dit Sabrina.

Je restai bouche bée.

— Annie? Tu es là?

— Présenter mes excuses à Fanny? m'écriai-je. Sabrina, as-tu perdu la raison? Elle a essayé de me *tuer*!

— Annie, écoute…

— Elle a voulu m'électrocuter! hurlai-je sans penser que j'allais peut-être réveiller le reste de la famille.

— Elle n'aurait pas pu le faire, répliqua Sabrina doucement.

— Hein? Qu'est-ce que tu veux dire?

— Elle ne connaît rien à l'électricité.

— Et ce cours que vous suivez ensemble? demandai-je.

— Nous n'avons eu que deux cours jusqu'à maintenant, dit Sabrina. Nous ne savons encore rien faire. C'est impossible que Fanny ait pu trafiquer l'ordinateur que tu utilisais. C'est à peine si elle arrive à changer une ampoule.

— Alors *qui* l'a fait? demandai-je d'une voix aiguë.

— Comment veux-tu que je le sache? C'était probablement un accident, Annie. Mais tu n'aurais pas dû accuser Fanny. Elle m'a téléphoné ce soir. Elle n'arrêtait pas de pleurer.

— Bouh hou, fis-je méchamment.

Je commençais toutefois à me sentir coupable. Sabrina avait peut-être raison. J'avais peut-être accusé Fanny à tort.

— Pourquoi prends-tu la défense de Fanny?

demandai-je en tirant la couverture sur mes jambes nues.

— C'est mon amie, répondit Sabrina. Et elle n'est vraiment pas méchante, Annie. Je sais que les choses ont mal commencé entre vous. Mais Fanny est vraiment honnête.

— Alors pourquoi ne m'as-tu pas dit qu'elle se trouvait aux chutes lorsque Marie-Hélène est morte?

La question prit Sabrina par surprise.

Il y eut un long silence.

Elle répondit enfin, en s'exprimant lentement et prudemment.

— C'était de l'histoire ancienne, Annie. J'ai pensé que tu n'avais pas besoin de le savoir. Je ne voulais pas te monter contre Fanny. J'ai cru que nous pourrions être amies, toutes les trois.

Elle soupira. Il y eut une autre longue pause.

— Je crois que je ferais mieux de tout te raconter, dit-elle calmement. Fanny était amoureuse de Thierry depuis longtemps. Je ne pense pas que Thierry, de son côté, se soit jamais intéressé sérieusement à elle. Il la considérait comme une amie. Mais parfois, quand Marie-Hélène et lui se disputaient, il sortait avec Fanny. C'est tout. Après la mort de Marie-Hélène, il n'y a plus rien eu entre eux.

— Oh! vraiment? dis-je. Alors comment expliquer que Fanny et Thierry soient sortis ensemble le week-end dernier?

— Ce n'était pas vraiment un rendez-vous, dit

Sabrina. C'est vrai. Fanny m'a tout raconté samedi. Ce n'était pas du tout un rendez-vous d'amoureux.

— Écoute, Sabrina, dis-je d'un ton impatient. Quelqu'un veut à tout prix m'éloigner de Thierry et je crois que c'est Fanny.

— Pas moi, répondit vivement Sabrina. En fait, je crois que ce pourrait être Thierry lui-même.

— Hein ? Qu'est-ce que tu dis, Sabrina ? demandai-je en serrant très fort le cordon du téléphone. Thierry ?

— Tu ne le connais pas très bien, fit remarquer Sabrina. Parfois, j'ai l'impression qu'il est vraiment fou. Peut-être même dangereux.

— Thierry ? Dangereux ?

— Peut-être.

— Je ne sais pas, Sabrina. Il est très lunatique, mais...

Je ne savais pas quoi dire.

— Je vais présenter mes excuses à Fanny, dis-je à Sabrina en changeant de sujet. Je vais aussi l'inviter à venir chez moi samedi soir pour mon anniversaire. Isaac et toi viendrez aussi, n'est-ce pas ?

— Oui, répondit-elle. Moi, j'irai, du moins. Quant à Isaac, je romprai peut-être avec lui d'ici samedi. Il est tellement idiot.

Elle bâilla.

— Je vais me coucher maintenant, dit-elle.

Je lui souhaitai bonne nuit et raccrochai.

— Achille ? Tu es là ? appelai-je doucement.

J'avais un besoin pressant d'affection.

Mais le vilain chat s'était enfui.

Tout le monde semblait bien s'amuser à ma soirée d'anniversaire. Notre salon n'est pas vraiment grand, mais personne n'avait l'air de s'en plaindre.

La musique était très bruyante et les rires résonnaient encore plus fort.

J'avais préparé une énorme marmite de spaghettis. Les invités mangeaient un peu partout dans la pièce, assis ou debout. C'était un spectacle très amusant.

Sabrina arriva accompagnée d'Isaac. J'en conclus qu'elle avait changé d'idée au cours de la semaine à propos de leur rupture.

Fanny vint aussi. Elle m'apporta même un cadeau. Je devinai en le prenant qu'il s'agissait d'un livre.

J'avais appelé Fanny le lendemain de ma conversation avec Sabrina et m'étais excusée durant plus de vingt minutes en la suppliant de me pardonner. Je l'avais fait pour Sabrina seulement. J'étais toujours très soupçonneuse à l'endroit de Fanny.

Thierry paraissait très détendu. Je le voyais s'amuser, plaisanter avec ses amis et rire plus que jamais.

Lorsque je passai près de lui en sortant de la cuisine, il me saisit les deux mains et, en souriant, m'attira vers le coin du salon où quelques invités dansaient.

— Viens, me dit-il. J'adore cette chanson. Viens. Allons danser.

J'allais le suivre quand j'entendis quelqu'un frapper. Thierry fit la moue tandis que je me dirigeais vers la cuisine.

— Frédéric! m'écriai-je, surprise, en ouvrant la porte de derrière.

Il avait l'air terriblement embarrassé. Il tripota ses lunettes en évitant mon regard.

— Je... je ne savais pas que tu avais des invités, bégaya-t-il. J'étais seulement venu... euh... te saluer. Voir si tu étais occupée, mais...

— Entre, lui dis-je. C'est mon anniversaire. Pourquoi ne restes-tu pas un moment? Tu veux des spaghettis?

Je désignai la grosse marmite fumante sur la cuisinière.

Je n'avais pas vraiment envie que Frédéric reste. En fait, il me donnait la chair de poule.

Mais que pouvais-je faire? Il était là.

Il entra, l'air réticent. Je retournai rapidement dans le salon pour rejoindre Thierry.

— La chanson est terminée, dit Thierry qui faisait toujours la moue.

— Je vais la faire tourner encore une fois, dis-je en me dirigeant vers le lecteur de disques compacts.

Il me prit doucement le bras.

— Ça ne fait rien. Hé! tu veux faire une randonnée à vélo avec moi demain après-midi? S'il fait beau?

— Oui. Bien sûr, répondis-je.

Il me surprit en m'enlaçant et en baissant son visage vers le mien avant de m'embrasser avec passion.

Je fermai d'abord les yeux et l'embrassai à mon tour.

Lorsque je rouvris les yeux, je vis Fanny qui nous observait à l'autre bout de la pièce avec un froncement de sourcils mécontent.

Je fis mine de ne pas l'avoir vue et embrassai Thierry de nouveau.

— Quel gâchis ! s'écria ma mère en parcourant la cuisine du regard. Ce n'était peut-être pas une très bonne idée de servir des spaghettis, ajouta-t-elle en fixant une grosse flaque de sauce aux tomates sur le plancher au milieu de la cuisine.

— Ça m'avait pourtant paru génial, dis-je en soupirant.

— Je vais changer de chaussures. Ensuite, nous nous mettrons au travail, dit ma mère qui repoussa une mèche de cheveux blonds de son front.

— Non. Tu n'es pas obligée de m'aider. Papa et toi avez été si gentils de bien vouloir rester enfermés dans votre chambre toute la soirée.

— Nous avons bien fait ça, n'est-ce pas ? dit-elle en souriant. Mais je vais tout de même t'aider, Annie. Sinon, tu en auras pour la nuit.

Elle fit quelques pas, puis s'immobilisa brusquement.

— Hé ! tu as laissé la plaque allumée, dit-elle en désignant la cuisinière.

— Non, je l'ai éteinte, dis-je. Je m'en souviens.

— Eh bien ! l'eau bout, fit remarquer maman, irritée.

Nous nous sommes toutes deux précipitées vers la cuisinière pour éteindre la plaque chauffante. Le couvercle vacillait sur le dessus de la marmite tandis que du liquide brûlant et écumeux s'échappait par les côtés et coulait sur la cuisinière.

Je soulevai le couvercle.

— Beurk! Qu'est-ce que c'est que ça? demandai-je.

Un gros morceau de coton blanc dansait sur l'eau bouillonnante.

— Qui a mis ça là-dedans? demandai-je en grimaçant. Et de quoi diable s'agit-il?

Je le repêchai à l'aide d'une longue cuillère en bois et aperçus deux yeux bleus.

Lorsque je compris enfin ce que c'était, je me mis à hurler.

Ce n'était pas un morceau de coton qui se trouvait dans la marmite.

C'était Achille.

Chapitre 20

Le lendemain, Thierry arriva chez moi au début de l'après-midi. Il entra dans la cuisine, vêtu d'une camisole noir et jaune et d'un short extensible noir.

Je levai les yeux, surprise de le voir.

— Je t'ai dit au téléphone que je n'avais pas envie d'une randonnée à bicyclette, dis-je d'une voix triste.

— Je sais, dit-il. Mais j'ai pensé que ça te ferait du bien de sortir de la maison. De prendre l'air. D'oublier ce qui s'est passé.

Il posa une main sur mon épaule.

— C'est presque l'été, dit-il. Il fait très beau. Viens faire une petite promenade. Tu te sentiras mieux. Ça t'obligera à penser à autre chose qu'à Achille.

Il avait raison. Chaque fois que je fermais les yeux, je voyais Achille, ébouillanté dans cette grosse marmite. Qui donc avait fait ça? De toute évidence, c'était quelqu'un qui était venu à ma soirée d'anniversaire. Mais qui? Qui pouvait être si cruel?

— D'accord, dis-je sans enthousiasme.

C'était une magnifique journée ensoleillée. Tout paraissait miroiter à la lumière du soleil brillant.

Nous avons roulé côte à côte et parcouru notre trajet habituel. Au début, mes jambes semblaient peser une tonne. Puis, peu à peu, nous avons pris de la vitesse.

Au bout d'un moment, je me suis rendu compte que nous nous dirigions vers les chutes.

Nous avons laissé nos vélos sur la piste cyclable et marché vers le bord de la falaise. Au-dessus de nos têtes, le ciel était d'un bleu pur, sans le moindre nuage.

Thierry s'avança juste au bord des chutes et regarda en bas. Cela me rendait toujours nerveuse quand il faisait ça. Je restai quelques mètres derrière lui.

Au bout d'un moment, il se retourna et revint vers moi. Nous nous sommes assis par terre.

Je décidai de révéler à Thierry que quelqu'un tentait de me mettre en garde contre lui. J'y avais pensé durant toute la nuit et tout l'avant-midi.

Il écouta mon récit sans bouger, l'air absent. Il n'eut aucune réaction.

— Je crois que c'est la même personne qui a tué Achille, dis-je enfin pour conclure mon histoire.

Ma voix se brisa.

— Mais de qui peut-il bien s'agir, Thierry ? De qui ?

Il ne répondit pas.

En se tournant vers moi, il plongea son regard dans le mien. Cependant, il demeura silencieux.

Son silence me rendait folle.

— Dis quelque chose ! Tu ne peux pas te contenter de me dévisager comme ça après tout ce que je t'ai dit.

— Je ne sais pas quoi dire, prononça-t-il enfin en baissant les yeux.

— Tu ne peux pas continuer à toujours garder le silence, poursuivis-je avec animation, et à ne jamais dire aux autres ce que tu penses. Je sais que tu me caches quelque chose.

Il haussa les épaules.

— Tu ne m'as jamais parlé de Marie-Hélène, lâchai-je. Jamais.

Il ferma les yeux comme s'il ne voulait pas entendre ma voix.

— Je sais que c'est difficile pour toi, dis-je d'un ton plus doux en lisant la douleur sur son visage. Mais il faut que je sache, Thierry. Tu dois me dire la vérité.

Il ouvrit les yeux.

— La vérité?

— Tu dois me dire ce qui s'est vraiment passé ici ce jour-là.

— Écoute-moi, Annie, commença-t-il.

Je posai une main sur son bras.

— Non. Tu dois tout me dire à propos de Marie-Hélène, insistai-je. Je sais que tu tenais beaucoup à elle…

— Que je *tenais* à elle?

Il resta bouche bée. Puis il bondit sur ses pieds.

— Que je *tenais* à elle? Es-tu folle, Annie? Que je *tenais* à elle? hurla Thierry. Je détestais Marie-Hélène! aboya-t-il. Je la détestais tellement que je l'ai *tuée*!

Chapitre 21

Les mots se répétaient dans ma tête et couvraient le grondement assourdissant des chutes.

Thierry me dévisagea, hors de lui, les traits tordus par la colère. Il avait les poings serrés de chaque côté de lui et se tenait debout devant moi, l'air menaçant.

Une vague de frayeur me submergea tandis que je me relevais tant bien que mal.

Il venait d'avouer.

Il venait tout juste d'avouer qu'il avait tué Marie-Hélène.

Et maintenant, j'étais là avec lui. Seule avec lui.

J'étais la seule à connaître son terrible secret.

Et voilà qu'il me regardait avec cette lueur folle dans les yeux, comme s'il tentait de décider ce qu'il allait faire de moi maintenant.

«Pourquoi?» me demandai-je.

Pourquoi avait-il fait cela?

— Thierry, dis-je en m'éloignant de lui et du bord de la falaise. Thierry, tu as… poussé Marie-Hélène… et l'as fait tomber dans les chutes?

Ma voix était si faible que je n'étais pas certaine qu'il m'eût entendue.

Cependant, son expression changea. Il plissa les yeux.

— Non, dit-il. Je ne l'ai pas poussée.

J'attendis qu'il poursuive, mais il sombra de nouveau dans le silence.

Je tremblais de la tête aux pieds. J'avais très froid malgré le chaud soleil.

Je me sentais complètement seule. Totalement vulnérable.

— Tu as dit que tu l'avais tuée, répétai-je.

Il secoua tristement la tête.

— Oui. En l'amenant ici. Si je ne l'avais pas amenée ici, elle ne serait pas morte.

Il laissa échapper un gémissement de douleur et d'angoisse.

— Mais tu ne l'as pas poussée ?

Il fallait que je sache la vérité.

Il posa ses yeux sur moi et s'approcha.

— Quelqu'un d'autre l'a poussée, déclara-t-il. Quelqu'un d'autre.

Je le regardai fixement en scrutant son visage pour déterminer si ce qu'il me disait était vrai.

— Quelqu'un d'autre, répéta-t-il.

— Tu veux dire… Fanny ? demandai-je. Est-ce que Fanny a poussé Marie-Hélène ?

Thierry acquiesça.

— Oui.

Chapitre 22

— Fanny l'a poussée ? répétai-je en refusant de le croire.

— Oui, dit-il. J'ai amené Marie-Hélène ici. Mais c'est Fanny qui l'a poussée.

— *Menteur* !

La voix derrière les rochers nous fit sursauter.

— *Menteur ! Espèce de menteur !*

Nous nous sommes retournés tous les deux et avons aperçu Fanny qui avait surgi de derrière le tas de rochers. Son visage était déformé par la rage.

— Fanny, tu me suis encore ? s'écria Thierry avec colère. Je t'ai dit…

— La ferme ! hurla-t-elle en lui donnant une forte poussée qui le fit reculer vers le bord de la falaise en trébuchant.

— J'ai couvert Fanny durant tout ce temps, dit Thierry qui se tourna vers moi.

— La ferme ! cria Fanny.

Elle se tourna vers moi à son tour.

— Ne l'écoute pas. Ce n'est qu'un menteur !

— J'en ai assez du mensonge, continua Thierry d'un ton animé. J'en ai assez de te protéger, Fanny. C'est terminé.

— La ferme ! Je t'avertis ! menaça Fanny.

— Au mois d'octobre, je voulais rompre avec Marie-Hélène, expliqua Thierry. Nous nous disputions sans arrêt. Fanny et moi l'avons amenée ici pour le lui apprendre. Nous voulions lui dire tous les deux. Fanny et moi sortions ensemble en secret. Mais alors…

— Arrête, dit Fanny. Pourquoi lui racontes-tu tout ça ?

— J'ai commencé à tout expliquer à Marie-Hélène à propos de Fanny et de moi, poursuivit Thierry sans lui répondre tout en me regardant avec une vive attention. Mais Isaac est arrivé à bicyclette. Je suis allé derrière les rochers pour lui parler.

Fanny me saisit le bras et me fit pivoter brutalement.

— Ne l'écoute pas, Annie. Il ment.

— Fanny, lâche-moi ! suppliai-je en me tortillant pour me libérer.

— Tu mens ! répéta Fanny qui se tourna vers Thierry, l'air accusateur. Tu mens depuis octobre. À tout le monde. Même à toi-même.

Mais Thierry continua.

— Après que Fanny eut tué Marie-Hélène, je ne pouvais plus supporter de la voir. Elle me harcelait pour qu'on sorte ensemble. Mais je me sentais si coupable. Je ne voulais même plus lui adresser la parole. Elle a continué à me suivre. Elle ne me laissait jamais tranquille.

— Menteur !

— Même aujourd'hui ! l'accusa Thierry. Même aujourd'hui tu me suis encore ! Laisse-moi tranquille, Fanny ! Laisse-moi tranquille !

Fanny poussa un autre rugissement.

— Menteur ! hurla-t-elle en poussant Thierry vers la falaise. C'est *toi* qui as tué Marie-Hélène ! Pas moi ! Avoue-le !

Fanny se tourna vers moi.

— Thierry, Marie-Hélène et moi étions ici. Nous venions à peine de commencer à discuter quand Isaac est arrivé. Thierry est allé lui parler. Marie-Hélène et moi nous tenions au bord des chutes. Puis, j'ai entendu quelqu'un m'appeler. J'ai cru que c'était Thierry. J'ai laissé Marie-Hélène seule et me suis dirigée vers le bois pour aller retrouver Thierry. Lorsque je suis revenue, Thierry était debout au bord de la falaise et regardait en bas. Et Marie-Hélène n'était plus là. Elle était morte.

— Ce n'est pas vrai ! explosa Thierry. Je ne l'ai pas poussée ! C'est toi qui l'as fait !

Je poussai un cri lorsque Thierry se rua sur Fanny et la jeta au sol.

En hurlant à pleins poumons, elle lui martelait la figure, la poitrine et les épaules de ses poings.

— Arrêtez ! Arrêtez ! m'écriai-je.

Mais ils ne m'entendaient pas.

Ils luttaient toujours en roulant dans la poussière, en roulant vers la falaise.

— Arrêtez, je vous en prie ! hurlai-je.

Fanny tirait les cheveux de Thierry et lui rouait le visage de coups.

Je courus vers eux et les suppliai d'arrêter.

Ils n'étaient plus qu'à un mètre ou deux du bord de la falaise.

— Arrêtez ! Arrêtez ! hurlai-je en essayant de

couvrir le grondement des chutes.

Fanny égratigna la joue de Thierry avec ses ongles. Une ligne de sang rouge clair apparut.

Thierry poussa un cri de douleur.

— Arrêtez! Arrêtez!

Je ne reconnaissais pas ma voix aiguë et désespérée.

Thierry saisit la tête de Fanny et lui enfouit le visage dans la terre.

Les mains de Fanny battaient l'air frénétiquement tandis qu'elle tentait de se libérer.

Ils ne se trouvaient plus qu'à quelques centimètres du bord de la falaise.

— Arrêtez! Je vous en prie! Attention!

Ils ne pouvaient pas m'entendre.

J'assistais à l'explosion de plusieurs mois de culpabilité, de soupçon et de rage.

Thierry et Fanny se détestaient à cause du secret qu'ils partageaient.

Et leur haine s'apprêtait à les tuer tous les deux.

— Non! hurlai-je lorsque Fanny parvint à s'agenouiller et à pousser Thierry à deux mains vers les chutes.

Je plongeai vers eux en tendant la main pour agripper le bras de Thierry et l'empêcher de tomber.

Mais tandis que je heurtais le sol, Thierry roula sur le dos et saisit Fanny par les genoux.

Elle poussa un cri de protestation et se dégagea.

Puis, dans un rugissement de fureur, elle fonça vers lui, tête baissée.

Il roula sous elle.

Et elle tomba de la falaise.

Chapitre 23

Fanny cria tout au long de sa chute.

Je n'entendis pas son corps se fracasser lorsqu'il heurta violemment les rochers noirs et pointus tout en bas.

Je n'entendis aucun bruit d'éclaboussement.

Le grondement incessant des chutes le noya.

L'eau continuait à scintiller et à couler. Comme si elle ne venait pas de faire une autre victime.

En haletant comme un animal blessé, Thierry se mit à genoux.

Du sang rouge clair ruisselait sur sa joue.

Toujours par terre, je fixai le bord de la falaise avec incrédulité.

Thierry y était maintenant seul.

Fanny n'était plus là.

Je ressentais un besoin pressant de courir vers le bord de la falaise. De regarder en bas. De voir ce qui était arrivé à la pauvre Fanny.

Mais je ne pouvais pas bouger. Ni respirer.

Thierry se releva lentement, encore à bout de souffle.

J'étais agenouillée, les bras croisés sur la poitrine.

Le grondement des chutes s'intensifia.

Thierry me dévisagea.

Il y avait une expression si étrange sur son visage. Si étrange, si haineuse.

Comme s'il me détestait aussi.

Il fit un pas vers moi, une lueur farouche dans les yeux, les dents serrées.

«C'est un meurtrier», pensai-je.

«Je suis maintenant toute seule. Avec un meurtrier.»

«Il a tué Marie-Hélène. Il vient de tuer Fanny.»

«Et maintenant, c'est moi qu'il va tuer.»

«Lève-toi, Annie», me dis-je.

«Lève-toi! Lève-toi!»

Thierry avançait lentement vers moi.

Mais j'étais incapable de me lever.

Chapitre 24

— T-Thierry ? balbutiai-je.

Mon corps tout entier tremblait.

Les chutes rugissaient dans mes oreilles.

C'était un meurtrier.

Il voulait me tuer.

Il fallait que je me sauve.

En poussant un cri strident, je bondis sur mes pieds. Je me retournai et me mis à courir.

Je fonçai sur Sabrina.

— Sabrina ! m'écriai-je. Dieu merci, tu es là !

Je laissai échapper un sanglot de soulagement et jetai mes bras autour d'elle.

— Tout va bien maintenant, dit-elle doucement. Vraiment, Annie. Tout va bien.

Je la laissai me guider vers Thierry, vers le bord de la falaise.

— Mais Fanny ! sanglotai-je. Fanny est tombée dans les chutes ! Tu l'as vue ?

— J'ai tout vu, dit Sabrina d'une voix douce et rassurante.

Thierry se tenait au bord des chutes, les mains sur

les hanches. Il regardait Sabrina d'un air soupçon-
neux.

— Qu'est-ce que tu fais ici ? demanda-t-il à
Sabrina d'un ton dur.

— J'ai tout vu, lui dit Sabrina. J'étais derrière les
rochers et j'ai vu tout ce qui s'est passé.

— Tu veux dire… commença Thierry.

— J'ai vu Annie pousser Fanny en bas de la
falaise, déclara Sabrina.

— Hein ? m'écriai-je, ahurie.

Je m'éloignai d'elle, mais elle me bloqua le
chemin. Elle fit un pas vers moi en plissant les yeux.

Je n'avais pas le choix. Je reculai d'un pas, vers
les chutes.

— J'ai vu Annie pousser Fanny en bas de la
falaise, dit Sabrina à Thierry.

— Non ! hurlai-je.

— Ensuite, continua Sabrina calmement en ne
s'adressant qu'à Thierry, Annie a tenté de *te* pousser
en bas. Mais Annie a glissé et est tombée accidentellement.

Un sourire curieux se dessina sur le visage de
Sabrina.

— N'est-ce pas dommage ? demanda-t-elle à
Thierry d'un ton sarcastique. Pauvre Annie !

Chapitre 25

Ma terreur disparut et céda la place à la colère.

— Pourquoi fais-tu ça ? lui demandai-je. Pourquoi dis-tu tout ça ? Tu *sais* que ce n'est pas vrai !

Sabrina rit.

— Bien sûr que c'est vrai. N'est-ce pas, Thierry ?

Elle rejeta ses cheveux noirs ébouriffés derrière son épaule.

— Du moins, c'est ce que Thierry et moi raconterons à tout le monde une fois que tu ne seras plus là, Annie.

— Je ne comprends pas, Sabrina, dit Thierry calmement en se frottant la joue où le sang avait commencé à sécher.

Sabrina émit un grognement de frustration.

— Laisse-moi t'expliquer. Pourquoi crois-tu que j'ai enduré cet imbécile d'Isaac durant tous ces mois ?

Thierry ne répondit pas.

— Je ne pouvais pas supporter Isaac, continua Sabrina avec colère. Mais je suis restée avec lui seulement pour être près de toi.

Elle prit une grande inspiration.

— Après avoir tué Marie-Hélène, j'ai cru que toi et moi...

Tout comme Thierry, je laissai échapper un cri de surprise.

— C'est *toi* qui as tué Marie-Hélène? demanda Thierry dont le visage était écarlate.

Sabrina eut un rire amer.

— Durant tous ces mois, Fanny et toi vous êtes soupçonnés l'un l'autre. C'était tordant. Je me suis bien amusée. Vraiment.

— Mais, Sabrina... commença Thierry.

Sabrina l'interrompit.

— J'ai cru que l'on pourrait être ensemble après, Thierry. Mais tu ne t'es pas aperçu de ma présence. Même après que j'eus tué pour toi. Il y a d'abord eu Fanny, qui ne te laissait jamais tranquille. Ensuite...

Sabrina leva les yeux vers moi, les traits déformés par la haine.

— Ensuite, Annie est arrivée. Avec ses cheveux blonds parfaits et sa petite silhouette parfaite. J'ai tenté d'effrayer Annie. J'ai vraiment essayé. Mais...

C'était Sabrina depuis le début, constatai-je. C'est elle qui avait tailladé mes pneus de vélo, essayé de m'électrocuter, fait des appels anonymes et tué Achille.

Sabrina.

Mon amie.

Mon amie, qui aimait Thierry au point de tuer pour lui.

— Assez discuté, dit-elle dans un murmure. Thierry, dis au revoir à Annie.

Je raidis mes muscles et me préparai à esquiver le coup et à m'enfuir.

Mais elle était plus rapide que je ne l'avais pensé.

Avant que j'aie pu réagir, elle fit un brusque mouvement en avant.

Elle se précipita sur moi et baissa l'épaule comme un joueur de football en m'obligeant à reculer au bord.

Et avant même que j'aie pu pousser un cri désespéré, je plongeai dans les chutes.

Chapitre 26

Durant une fraction de seconde, prise de panique, je *crus* tomber dans les chutes.

Je criai et tombai à genoux au bord de la falaise en constatant que Sabrina n'avait pas réussi et que j'étais toujours là, sur la terre ferme.

Je levai les yeux et vis Thierry qui avait saisi Sabrina à bras le corps par-derrière.

Il lui maintenait le visage par terre et la clouait au sol à deux mains tandis qu'elle se débattait et se tortillait pour essayer de se libérer.

Le ciel devint rouge. Puis bleu. Puis rouge de nouveau.

Je me levai et clignai des yeux en raison de la lumière rouge clignotante.

Le gyrophare d'une voiture de police de Clairmont.

Deux hommes vêtus d'uniformes noirs accouraient vers nous.

— Vas-y ! pousse-moi ! criait Sabrina à Thierry. Jette-moi dans les chutes moi aussi ! Je sais que tu en as envie ! Je sais que tu me détestes assez pour le faire !

Thierry, cependant, la maintint clouée au sol jusqu'à ce que l'un des policiers saisisse les bras de Sabrina.

— Comment êtes-vous venus jusqu'ici ? demandai-je à son partenaire en bégayant. Comment avez-vous su que nous étions ici ?

— C'est grâce à ton amie, répondit-il d'un ton neutre.

— Mon amie ?

Je le dévisageai, incrédule.

Il pointa l'index vers les chutes.

Je fis un pas vers le bord et regardai en bas. Une ambulance jaune se trouvait sur la berge de la rivière.

— Elle a eu de la chance, ajouta le policier de la même voix monocorde.

— Fanny ? criai-je en écarquillant les yeux lorsque deux ambulanciers aidèrent quelqu'un à monter dans l'ambulance.

— Oui. Elle a un bras et quelques côtes fracturés. Mais elle est parvenue à nous alerter. Elle nous a dit que vous étiez ici. Je poussai un soupir de soulagement. Fanny allait s'en tirer.

Lorsque je me retournai, deux policiers entraînaient Sabrina vers la voiture de police. Elle se débattait toujours.

— Pousse-moi ! ne cessait-elle de crier, hystérique. Jette-moi dans les chutes moi aussi !

Thierry marcha vers moi et passa son bras autour de mes épaules.

— Vous voulez qu'on vous raccompagne chez

vous? nous cria l'un des policiers en tenant la portière ouverte.

— Non. Nous allons rentrer à bicyclette, répondit Thierry.

— Allez vous changer, puis rendez-vous au poste de police. Nous avons besoin de vos dépositions, dit le policier.

Il s'installa derrière le volant et referma brutalement la portière.

Son partenaire se trouvait sur la banquette arrière avec Sabrina, qui hurlait et pleurait toujours.

Quelques secondes plus tard, la voiture de police s'éloigna dans un crissement de pneus.

Son bras autour de mes épaules, Thierry me guida vers nos vélos. Il soupira d'un air las.

— Qui a dit qu'il ne se passe jamais rien dans les petites villes?

Je secouai la tête.

— Je crois que ce sera beaucoup plus ennuyeux dorénavant, répondis-je.

— Je l'espère, dit Thierry calmement.

Il laissa tomber sa bicyclette sur le sol, m'attira vers lui et m'embrassa.

Il était en sueur, couvert de poussière et son visage était maculé de sang séché.

Mais je m'en moquais bien.

Je l'embrassai à mon tour.

Un mot sur l'auteur

R.L. Stine a écrit une trentaine de romans à suspense pour les jeunes, qui ont tous connu un grand succès de librairie. Récemment, il a signé *La gardienne III* et *Cauchemar sur l'autoroute*.

De plus, il est l'auteur de la populaire collection «Chair de poule».

Il habite New York avec son épouse, Jane, et leur fils de treize ans, Matt.

Dans la même collection

ACHEVÉ D'IMPRIMER
EN MARS 1994
SUR LES PRESSES DE
PAYETTE & SIMMS INC.
À SAINT-LAMBERT, P.Q.